氷獄

海堂 尊

角川文庫
22703

目次

双生

1994年　春

1

「こう見えてもわたくしは戦前は女子師範学校を出たエリートだったんですの。小学校の教育にいそしんで半世紀。わたくしの指導の下で巣立っていった教え子は高度経済成長を支え、今の日本の繁栄に貢献したんです。そんなわたくしに向かって、こんな小学生みたいな計算をしろだなんて、本当に失礼ですこと。ねえ、あなたもそう思いますでしょ？」

質素な服を着た女性は、肘掛《ひじか》け椅子に座り、目の前の白衣姿の男性にひとしきり苦情を申し立てた後で、振り向いて夫に同意を求める。女性の側に佇《たたず》んだ小柄でごま塩頭、無口で実直そうな男性は、かすかにうなずいた。田口《たぐち》はカルテに筆を走らせながら繰り返す。

「お気持ちはわかりますけれど、この計算さえしていただければ今日の診察は終わりですので、ご協力いただきたいのですが」

壁の掛け時計をちらりと見る。十一時四十五分。目の前の患者、片平清美《かたひらきよみ》が診察室に入ってから二十分が経過している。机上には分厚いカルテが山積みになっている。

「この計算をすれば診察は終わりですって？　大学病院というところは三時間待って三分診療というのは本当だったのですね。こんな社会を作るためにわたくしは教育に一途《いちず》にいそしんできたのかと思うとほんと、口惜《くや》しくて口惜しくて。ねえ、あなたもそう思いますでしょ？」

　夫は先ほどより少しだけ、首を前傾させたように見えた。無表情だが、よく見ると左手が小さく震えている。怒りを抑えているのだろうか。だとしたら妻に対する侮辱を許せないわけだから、仲のいい夫婦なのかもしれない、と田口は思う。

　田口はため息をつき、どうやって診察を進めたらいいのか途方に暮れた。

　その時、背後から威勢のいい声がした。

「あんたねえ、ぐだぐだ言っている間にとっとと計算すればいいのよ。三時間待って三分診療になるのは、あんたみたいな患者が外来の効率を下げているからよ。いいから早く百から七を引く計算をしなさい。さっきから最初の一回をやっては文句ばっか繰り返しているんだから」

　そうして田口の右手に置かれたカルテの山をばん、と叩《たた》く。

「こんなに次の患者さんが待っているんだからね」

　田口は右斜め上を振り返り、たしなめようと口を開く。

その時、左斜め上から声がした。

「すみれ、ここは碧翠院《へきすいいん》ではないのよ。あなたの思い通りには行かないわ」

「でたよ、優等生的発言」

啖呵《たんか》を切った女性は、小さく舌打ちをした。主治医と思っていた正面の男性医師の肩越しに激しいやりとりが始まったのを見て、患者の老女は目を丸くする。そして田口に言う。

「さっきから気になっていたんですけど、後ろにいるおふたりの女性はどういう方なんですか。白衣を着ていらっしゃるけど、医学生さんなんでしょうか」

田口はあわてて言う。

「いえ、後ろのお二人は立派なお医者さんです。桜宮《さくらのみや》病院にお勤めですが、わけあって東城《とうじょう》大で半年ほど研修をすることになっております」

田口の右側の女性が、左側の女性に言う。

「やったね、小百合《さゆり》。医学生だって。あたしたちもまだいけるわね」

患者の片平清美は疑わしそうに言う。

「お医者さん？　日本の医療もなんだかですねえ。でもよかった。医学生なんかのモルモットにされるのはまっぴら御免ですからね」

田口はそれには答えずに、言う。

「というわけでちゃんとしたお医者さんですので、片平さんの担当をお二人のうち、どちらかにしたいと思います。もちろん私も一緒に診ますが。どちらの先生をご希望されますか」

清美は左右の女医を見比べていたが、右を指差す。

「もの静かな、そちらの女医さんを希望しますわ」

「ち、これで五連敗か」とすみれが吐き捨てると、小百合が微笑し、言う。

「当然よ」

時刻は十二時過ぎ。今日も昼飯抜きか。双子の女医を引き受けてから、ただでさえ長引く田口の診療は二倍時間がかかり、看護科からもクレームが出始めていた。

「おばあちゃん、小百合を担当にするのはいいけど、一応あたしもあんたの診察には同席させてもらうから、よろしく」

すみれの言葉には答えず、清美は田口に言う。

「まさかこれで診察は終わりではないでしょうね」

「まあ、お聞きしたいことは聞きましたのでね」

「じゃあ、お薬か何かを出していただけるのでしょうか」

「夜眠れない、ということでしたね。弱い眠り薬を出しておきましょう」

清美はほっとしたような表情をして立ち上がり、深々と頭を下げる。

「ありがとうございます。今後もよろしくお願いします」

そして出て行こうとすると、夫はのろのろと向きを変える。

「ほら、ぐずぐずしないで。次の患者さんがお待ちになっているんだから、これ以上お邪魔をしたら顰蹙《ひんしゅく》を買っちゃうわよ」

夫はうなずいて、ゆっくり歩き出す。するとすみれが言う。

「おじいちゃんも二週間後に必ず一緒に来てね」

ごま塩頭の小柄な男性は無表情にすみれを見たが、返事もなかった。

清美が言う。

「もちろん一緒ですわ。この人、わたくしがいないと何にもできないんですから」

それは逆ではないか、と田口は思ったが、あえて口にはしなかった。

「では、二週間後にお越しください。片平さんの新しい担当医は桜宮《さくらみや》小百合先生です」

2

午後三時。ランチタイムを過ぎた病院食堂は人影もまばらだった。田口は売れ残りのBランチをもくもくと食べていた。いつも昼食が遅いので気の毒に思った食堂の職員が、田口用に一人分のランチを残してくれるのだ。

　隣ですみれが、紅茶を飲みながら延々と話し続けている。

「田口先生の外来っていつもあんななんですか？」

「あんな、というと？」

「患者さんの言うがまま、タイムコントロールをせずにだらだら話をしたいがままにさせる、野放図な外来という意味です」

　田口は苦笑する。そこで静かに小百合が言う。

「すみれ、失礼よ。私は田口先生の外来には感銘を受けたわ。あそこまで患者の話を聞き遂げてようやく耳にできる本音というものがある、ということを教えられました」

「小百合ってほんと、いつも優等生よね。そんなんで疲れないの、あんた」

「おふたりは仲がいいんですね」と田口がしみじみと言う。

「仲がいい？　どこが」とすみれは憤然と言う。

「そんなことよりも、賭《かけ》は私の勝ちよ。あなたが言い出したことなんだから、ここのランチはあなたが払いなさいよ」

「いいんですよ。私は賭に乗っていないんですから」と小百合がたしなめる口調で言う。

「そうはいかないわ。ここはきっちりあたしが持ちます」と田口は微笑する。

　すみれが毅《き》然《ぜん》と言う。姉妹は少食で、飲み物しか摂《と》らない。だからランチ代は三人合わせても千円に満たない。それならいいか、と田口も反論しない。

「それにしても、外来五人を割り振るのに患者の希望をとりましょう、と提案したのは確かにあたしだけど、ここまで惨敗するとは思わなかったわ。ちょっと自信喪失」

「すみれははっきりものを言いすぎるの。患者さんは弱っているから、少しだけ優しくしてあげればいいのよ」

「たとえ見せかけの優しさでも、ね」

すみれが皮肉めかしていうと、小百合はうなずく。

「それが本当の優しさかどうかなんて、患者さんにはわからないもの」

「患者もそこまで馬鹿だと思わないわ。それに小百合はひとつ間違えてる。五対ゼロじゃなくて、五対一なんだから」

五人の患者の割り当てで五対一なんて勘定が合わない、と田口は不思議に思うが口にしない。

「それにしてもさっきの患者さんはほんと強情ね。あ、ひょっとして初期の痴呆《ちほう》症なのかも」

「そうね。なんだかんだいって長谷《はせ》川《がわ》式のテストができないことをごまかすために、ああして小言を言い続けていたんですものね」

長谷川式テストは痴呆初期を診断するテストで、自分の年齢や今日の日付、検者が言う三つの単語を復唱させるといった簡単なテストだ。その中に、百から七を次々に引き算していってもらうという検査がある。片平は最初の段階でつまずいていたから、痴呆の初期なのはほぼ間違いない。双子の女医が、そのことを患者に伝えずにやり過ごしたのは、臨床的なセンスの賜物《たまもの》だろう。特にすみれは言いたい放題の悪態をついておきながら、そこはぴたりと押さえているのには感心した。田口は言う。

「二人とも、片平さんの診断には異論がなさそうだけど、他に問題はないかな？」

「奥さんの病状に対する理解を、ご主人ができるかどうかが問題でしょうね」

小百合の答えは満点だ。病気になると本人にとっても問題だが、家族にも多大な影響をもたらす。特に痴呆症の初期は、正常人と見分けがつかない、まだら痴呆も多いため、家族は困惑してしまう。

そう考えると、寡黙に思われた夫の対応がふと気になった。

「大体は小百合の言う通りなんだけど、問題はもっと根深いでしょ」とすみれが言う。すみれの発言はしばしば逸脱し、飛躍するので、田口にはついていくのが難しいこともある。医者というより、巫女《みこ》のご託宣のようにも聞こえる。古来、医師には呪術《じゅじゅつ》師の性格もあったから、双子の女医は医療を体現した象徴的存在なのかもしれない。そんなふたりが桜宮の医療を支えてきた碧翠院桜宮病院に生まれ落ちたのは偶然ではないのだろう。

田口はしみじみと双子の女医を見た。

　顔立ちはそっくりだが、髪型の違いで区別がつく。ショートヘアのすみれ、肩にかかるくらい長い髪の小百合。だが髪型以上にふたりの表情は違うので、見間違えることはない。むしろ顔立ちが似ていることが不思議に思える。活発なすみれは栗色の髪で、瞳《ひとみ》は鳶色《とびいろ》がかっている。それに対し小百合は漆黒の髪で、瞳も黒曜石のように暗い光を放っている。二人を足すと、突出部分とへこみがぴったりあわさり、すべてが消滅してしまうかも、と田口は思う。

　しかし山室《やまむろ》教授にも困ったものだ。東城大学医学部付属病院にとって大恩ある病院の娘だからといって、この時期にふたりも短期研修を引き受けるなんて気前が良すぎる。半年後、自分たちの家の病院に就職するための下地づくりだと、しゃあしゃあと白状したのは妹のすみれで、姉の小百合は袖《そで》を引いて止めさせようとしたが、時すでに遅しだった。

　そんな二人の研修を田口に押しつけた理由はみえみえだ。半年後にいなくなる二人の面倒を見ても自分の利にならない。子分にできないならその人に割く時間は無駄だ。だから医局で無為に時間をやり過ごしている田口に、双子の世話役が回ってきたのはもっともだった。半年という期間は何もせずに過ごすには長く、本気で何かをしようと思ったら短い。要するに中途半端なのだ。であれば外来診療から入り、そこから先は各自の見識にまかせ自由研修させるのがいい、というのが田口の判断だった。

大体、大学病院にとって窓際業務とも思われる外来診療に追いやられた自分を指導役にするなんて投げやりすぎる。だが医学部を卒業した直後、母校で初期研修を終えたばかりの二人の新米女医にとって、そんな田口の指導は新鮮に感じられたようだ。
そうすると山室教授の判断は、あながち悪いものでもないのだろう。

3

一週間後、外来でカルテの山から見慣れた文字を見つけて田口は、あれ、と思った。片平には確か二週間後の外来を指示したはずだ。

研修を始めて十日、田口と一緒に外来を診察するようになって一週間。小百合の態度は変わらないが、すみれが飽き飽きしていることは明らかだ。それは田口の診察の雰囲気も関係している気がする。女医といっても所詮《しょせん》は若い娘。それなら年寄りが延々と繰り返す話をただひたすら聞き遂げるという田口の診察スタイルを退屈だと感じても仕方ないだろう。

田口が患者を相手にしているとき、あくびをかみ殺したり、目を瞑《つむ》ってうつらうつらしたりする。すみれに悪意はなく、何とか目を覚まそうという、努力が認められるだけに、手に負えない。

そんなすみれが、片平の名前を目にしたとたん、目を見開いた。

前回と同じような態度で診察室に入ってきた片平清美は、初めから敵意剝《む》き出しだ。

「この間はわたくし、うっかりして担当医の変更を認めたみたいなお返事をしてしまいましたけれど、家に帰って考えたら、何だかバカにされたような気がしてしまって。やっぱり田口先生に担当をお願いするわけにはいかないんでしょうか」

田口は左斜め後ろにいる小百合を見た。小百合は小さくうなずくと、田口は言う。

「片平さんのご希望であれば、私が担当するのは構いません。ですが桜宮小百合先生は心理学的な勉強をご専門にされた、日本でも数少ない専門家です。まずそうした最先端の考え方で診ていただくのはいかがでしょう。小百合先生が大学に研修にこられている期間は半年間です。その間に症状が改善すればいいですし、改善しなければ私が後を引き継ぐことになりますし」

「半年、ですか。そんなに長い間、通院しなければならないのでしょうか」

憮然《ぶぜん》とした清美に、すかさずすみれが言った。

「あのねえ、おばあちゃん、神経的な病気の場合、風邪とかと違って長くかかるものなのよ。そこのところを勘違いされたら困るんだけど」

「すみれ、片平さんの担当は私なんだから、横から口を出さないで」

そう言うと小百合は田口の隣の丸椅子に座り、片平と向き合った。

「片平さん、この頃、物忘れがひどくなったという印象はありませんか」

「そりゃ、少しはありますけど、でも、もう歳だから仕方がない、と諦《あきら》めているんですよ」

「歳を取れば確かに記憶力が落ちますが、程度が問題なのです。たとえばこの間、百から七を引く問題を出しましたが、片平さんはできなかったでしょう？　それは思考力が低下している証拠なのです」

「あれはそんな子供だましのようなことをさせられて、腹が立っただけです」

「些《さ》細《さい》なことにもむかつくのも、思考力低下の初期状況で見られる症状です。そうおっしゃるなら、今から百から七を引いて計算できることを証明してみせてください」

「そんなの簡単よ。ええと、百引く七は九十三、そこから七を引くと、ええと……」

そう言った清美は、困ったような表情で、隣に佇《たたず》んでいる夫に尋ねる。

「ええと、何だっけ」

「八十六」と夫がぼそりと答える。小百合は笑顔でやんわりたしなめる。

「奥さまがお困りでも、手助けしないでください。片平さん、あなたは百から七を順々に引いていくという、簡単な計算ができないんです。これは痴呆の初期です」

清美は目を見開いた。

「痴呆？　冗談じゃないわ。ねえ、あなた、この人たちに何か言ってやって」

そう言われた夫は、小声で言う。

「ひどい、言い方、です」

区切りを入れるように、ひと言ひと言かみしめるように言う。かすれ声だ。

「でも兆候ははっきり出ています。ご家族として事実を受け止めていただかないと、今後の対応に差し支えが出ます。特に奥さまの場合は病識がないため、治療に支障が出る場合もあり、この場でご理解いただかないと、後々大変なことになってしまう可能性があります」

田口は呆然《ぼうぜん》と、小百合の弁舌を聞いていた。もの静かな女性の内に、これほど強い意志があるとは想像もしなかった。隣で聞いていたすみれが言う。

「小百合って昔からもの言いがキツいのよ。面と向かって痴呆《ちほう》だなんて言われる筋合いはないわよね、おばあちゃん」

「わたくしはおばあちゃんではありません。清美という、立派な名前があるんです」

肩をすくめたすみれに、助け船を出すように田口が尋ねる。

「清美さんというのはいい響きのお名前ですね。どんな由来があるのですか？」

片平清美は一瞬、若やいだ表情になる。

「父が、清く美しい子になるようにと願ってつけてくれたそうです。父は、ラバウルの激戦地で戦死し、わたくしには父にまつわる思い出は何にもないんですけど」

さみしそうに言って、肩を落とした。

「お父さんは、強い願いを込めてつけてくれたんでしょうね」

「ええ。わたくしはずっと、名前負けしていると思っていたんですけど、この人がわたくしにプロポーズする時に、名前がとってもきれいで似合っていると言ってくれて、それがうれしくて、深く考えずに結婚を決めてしまったんです」

無表情な夫の顔が、かすかに緩んだように思えた。清美が続けて言った。

「そんなわたくしに対して痴呆症だなんて、あんまりですわ」

田口はため息をついた。

「わかりました。では今回も睡眠薬をお出ししますので、継続して飲んでくださいね」

「おかげさまで夜は眠れるようになりましたので、そうしていただけると助かりますわ。さ、あなた、行きましょうか」

立ち上がった清美に、夫はのろのろと従う。清美はいらいらした口調で言う。

「早くしなさいよ。ほんとに愚図なんだから」

そこにすみれが声をかけた。

「ご主人にちょっとお話があります。こちらの椅子にお座りください」

声をかけられた夫は振り返る。疲れているのか、大儀そうな緩慢な動作だ。

「私に、何か？」

「少し話が長くなるかもしれませんので、椅子にお座りください」

さっきまで清美が座っていた椅子を指し示され、夫は清美に視線を向ける。

清美が言う。

「今回の診察は終わりました。今日も患者さんが大勢お待ちなのでしょう？　失礼させていただきますわ」

「奥さんは黙っててちょうだい。ご主人に話があるんですから」

すみれのきっぱりした口調に、妻はぎょっとした顔で黙り込む。

夫はしばらく考え込んでいたが、椅子に向かってゆっくりと歩き出す。

体がぐらりと揺れ、清美があわてて夫を支える。

妻に支えられ、夫は椅子に腰を下ろす。それから顔を上げて、すみれに言った。

「これで、よろしい、ですか」

すみれはそれに答えず、田口を見て言った。

「どう思いますか、田口先生」

聞かれて、田口はしばらく考えていたが、「まさか」と言って、はっと顔を上げた。

小百合も同時に目を見開く。

「ご主人、診察台に横になってください」

言われるがままに夫は診察台に腰を下ろし、そろそろと横たわる。

すみれはその腕を取り手首をつかむ。「力を抜いてください」と言いながら、手首を曲げ伸ばしすると、ぎくしゃくした手応《てごた》えがあった。

「歯車様強剛、ですね」

田口と小百合は顔を見合わせた。

すみれは診察台を離れ、椅子に身体をあずけると、大きくのびをした。

パーキンソン病。

一八一七年にイギリスのジェームズ・パーキンソンによって報告された疾患で、神経内科学領域では最もポピュラーな病気のひとつである。医師国家試験でも頻出の基本的な疾患で、医学生でも典型的な症例は簡単に診断できる。いや、この疾患を簡単に診断できないと、とうてい医師になれない、といった方が正確だろう。

だから、田口も小百合もちょっとでも疑いを持てば診断は簡単だっただろう。田口が驚いたのは、患者本人ではなく付き添いとしてやってきた相手に対して、初期の段階で見抜いたすみれの視野の広さだ。

この娘にはこの世界がどんな風に見えているんだろうか、と田口は思う。

そんな風にすみれを凝視していた田口の横顔を、小百合が無表情に見つめていることに、田口もすみれも気づかなかった。

4

「というわけで、先週の外来患者総括報告は以上です」

週一回の神経内科学教室のカンファレンスは、最後に田口の外来報告があり、外来から入院患者への移行についての山室教授からのコメントで終わる。もしくはそうしたコメントすらなく、スルーされて終わるかのどちらかだった。

山室教授は神経のシナプス末端における電気伝導の基礎的研究がメインで、基礎実験医学がホームグラウンドだ。このため臨床医学には興味がなく、医局のヒエラルキーでも下位の田口に一任しても気にしない状態だ。さらに言えば来年定年を迎えるため、そうした研究のモチベーションも低下していた。しかも山室教授の研究は有働《うどう》助教授がフォローしていたため、山室教授は悠々自適だった。

加えて東城大が深い恩義のある市中病院から、双子の美人姉妹を研修医として預かるという栄誉も加わり、気をよくした山室教授は女医姉妹に尋ねた。

「お二人が当教室に研修にこられて二週間が経ったが、何か意見はあるかね。田口先生の外来診療の手伝いで、数名の患者を担当してくれているというのは小百合先生の方でしたっけ。で、どっちがどっちだったかな」

「ロングヘアの私が姉の小百合で、ショート・ボブが妹のすみれです。私たちは大学を卒業して初年度の研修でこちらに伺い、初めての臨床現場でしたが、勉強になることばかりです。特に田口先生の、患者に対して真摯《しんし》に対応している姿には感銘を受けました」と小百合は微笑して答える。

田口は居心地が悪そうな顔になる。小百合はおべっかではなく本音を語っていることは間違いない。だがそうしたことをこういう場で言えてしまう、ある種の鈍感さのようなものは一緒に外来診察をしていた田口は何となく感じていた。それでも山室教授のような、伝統的な価値を重んじるタイプには好ましく思えるらしく、微笑して何回もうなずいた。

「そう言ってもらえると、田口先生を指導医にした甲斐《かい》があったというものです。なにせ彼はウチの教室では、最も臨床的センスに溢《あふ》れた有望株ですから」

自分の興味がない臨床領域をこなすから重宝しているだけだ、と田口はちょっとひねくれて考える。

山室教授は、小百合の隣で退屈そうに爪を弾《はじ》いているすみれにも声をかけた。

「ええと、するとそちらが妹さんのすみれ先生だね。あなたの感想はいかがかな」

「いかが、と言いますと、田口先生のご指導についてですか？　それともこの二週間の外来診療で感じたことでしょうか？」と指名されたすみれは顔を上げ、訊《たず》ねた。

　山室教授はむっとした表情になるが、小百合の受け答えにご機嫌だったので、穏やかに応じる。

「どちらでも構いませんよ。自由闊達《かったつ》に意見が言えるのが、わが山室内科の美点です」

「では遠慮なく。田口先生の外来は、ひとりひとりの患者に対し話を聞く時間が長すぎます。そのため多くの患者に膨大な待ち時間を強いることになり、待たされた患者から文句が入り、更に診療に余計な時間がかかるという悪循環に陥っています」

　山室教授は戸惑った顔をした。外来診療は田口に丸投げしていたので、そんな現状を聞かされるのは初めてだった。

「それは本当かね、田口先生」

「ええ、まあ、その……」と田口は口ごもる。すると小百合が言った。

「確かにすみれの指摘の通りですが、それは一面的な見方です。田口先生が患者さんの言葉を聞き遂げることで、最初は文句をおっしゃっていた患者さんも最後には満足して帰られます。そうした点は、もっと評価されてもいいと思います」

　小百合がそこまで田口を評価していたのは意外だった。すみれは肩をすくめた。

「あたしは問題点を指摘しただけで、田口先生の外来のやり方を否定しているのではありません。そう聞こえたなら撤回します。それより、山室教授は研究をメインに医局運営をされているということですので、新しい研究課題を提案したいと思います」

「ほう、それは興味深い。お聞かせ願おうか」

山室教授の目が光る。

社交辞令的な響きが消え、本気のやりとりになりそうだ、と田口は肝を冷やす。田口の評価は笑って聞き流せる山室教授も、自分の研究領域には厳格だ。

すみれは臆《おく》せず口を開く。

「この二週間であたしが担当することになった患者さんはごく初期のパーキンソン病で、田口先生のご指導に従いL-ドーパを投薬しています。それで症状が改善すればいいのですが、パーキンソン病は決定的な治療法が確立されていません。そこで根本的な解決策を目指す基礎実験を提案します。パーキンソン病は十万人あたり百人の有病率で、日本にも決して少なくはない数の患者がいます。病気の機序は中脳黒質のドパミン産生細胞減少のためで、ドパミン不足と相対的なアセチルコリン増加が病態の本質です。ですのでドパミン類似物質の投与が有効だという治療ロジックになるのですけど、もっと根本的な治療が考えられます」

「ほう、どういった治療だね」

「ドパミンは神経伝達物質ですから、この病態の本態は神経伝達阻害です。なので脳の相当部位に微小電極を手術で挿入し、通電できるようにしてやればいいのです」

とたんに山室教授の顔が渋くなる。

「そんな治療が可能だと、本気で思っているのかね。パーキンソン病には脳外科的な手術適用が半世紀前から実施されている。だがそれは視床下核破壊というゲバルティッヒなやり方で、現在では精神疾患におけるロボトミー手術のように容認されてはいない。そのあたりをよく勉強してから提案することだ」

「淡蒼球《たんそうきゅう》破壊手術が野蛮な手術だというのは同意します。でもあたしの提案は破壊ではなく、通電のサポートであって……」

「理屈は通るかもしれないが、それを人に適用するにはハードルが高すぎる。まず大型哺乳類《ほにゅうるい》での基礎実験が必要だ。この場合イヌになるだろうが、指導医の田口先生、そうした実験計画を策定するのは可能かね」

　山室教授に振られて、田口は困惑したような表情で首を振る。

「いえ、私は動物実験は苦手でして……」

　田口がマウスの実験からも逃げ回っているということを把握した上での山室教授の質問は、意地悪なものだった。突き放されたすみれは、粘る。

「田口先生じゃなくて他の先生なら……」

「君は教室の実情を把握せずに夢物語を提案しているだけだ。田口先生以外は、私の研究課題の神経伝達機構の解明という、壮大な理論の裏付け実験で手一杯で、思いつきの未熟な実験に割ける人員はいない。田口先生にも大学病院の臨床部門を統括してもらっているのだよ」と言って、山室教授は目を細めた。

「今の会話で君たちの性格は理解できた。二人とも高階《たかしな》病院長のたっての依頼で当教室での研修を引き受けたが、研修期間はわずか半年で、わが教室での根幹的な実験計画を提案する立場にない。だから指導医の田口先生に従い、半年の研修を有意義に過ごしてもらいたい」

そう言って立ち上がろうとした山室教授に、すみれは食い下がった。

「それならこの教室に入局したら、あたしの実験計画を検討していただけますか」

山室教授は目を細めてすみれを見た。そして静かに言う。

「入局するのであれば、話を聞いてあげられるかもしれない。だが結論から言えば、君の実験計画が実現する可能性は限りなくゼロに近い。ウチは内科系の教室だが、君の提案は脳外科学教室を巻き込むべきものだ。手術治療だからね。これは君のためを思っての忠告だが、ウチの脳外が君の提案を受け入れる可能性はない。彼らの関心は脳腫瘍《のうしゅよう》摘出術がメインだ。たとえ脳外の協力が得られても、やはり基礎実験の実施は難しいだろう。イヌの実験は高額の費用がかかる。費用捻出《ねんしゅつ》には、研究費を取ってこなければならないが、実績のない君には無理だ。というわけで、夢見るのは結構だが、君のお父上から頼まれた通り、今やれることをきちんとやって、臨床的な実力をつけることに集中してもらいたいものだ」

すみれは山室教授を上目遣いでにらみつける。山室教授は楽しげに言う。

「せっかくだから、そんなことを考えたきっかけを教えてもらいたいな」

すみれは唇をかんで、山室教授を見つめていたが、はき出すように言った。

「研究する気がない方にそんなことを説明するのは、それこそ時間の無駄です」

山室教授の顔色が変わる。薄い唇が獰猛《どうもう》に開きかかった時、小百合が言った。

「山室先生、適切なご指導、ありがとうございました。なにぶん妹は世間知らずで、ご迷惑をおかけしますが、彼女なりに患者さんのことを考えた結果ですので、ご容赦くださいませ」

山室教授はうっすら笑う。

「小百合先生は大人だねえ。同い年の双子姉妹とは思えないな」

そう言い残すと、山室教授は足音も荒々しく部屋を出て行った。医局員なら誰でも知っている、ご機嫌斜めの教授の足音だ。カンファレンスの終わった時にそんな足音を聞くと、翌週の研究カンファや臨床カンファが大荒れになるということを、医局員は経験上よく知っていた。

カンファに参加していた医局員たちが、すみれと小百合の姉妹の顔を交互に見ながら、無言で出て行く。後にはすみれと小百合、そして田口が残った。

5

「最低。あんな石頭が教室のトップなら、教室の未来はないわ」

　喫茶室で文句を垂れ流しているすみれをなだめながら、田口は言う。

「研究命の山室教授に、あんな風にかみつくのは身の程知らずだね。でも、どうして急にパーキンソン病の新しい治療法の研究を思いついたのかな？」

　すみれはまじまじと田口を見た。そして言う。

「田口先生になら話そうかな。きっかけはもちろん、片平さんご夫妻の診察ですけど」

「ご主人は治療に同意され、初期投薬が始まった。それでは不十分なの？」

「五年後を心配しているんです。薬物治療による改善率は五十パーセント程度、つまり改善しない可能性も半分あるわ。その時に他に選択肢を準備しておくのが、医師の心意気ってものでしょ」

「どうして君はそこまで考えるんだい？」

「あのご夫婦を心配しているからに決まっているじゃない。奥さんは痴《ち》呆《ほう》症の初期だから将来、パーキンソン病でよれよれのご主人と痴呆症の奥さんという老人世帯が出現する。それなら、根本的な治療法を考えておいてあげないと悲劇よ」

「でも、そうならないかもしれない」

「それならそれでいいでしょ。でもパーキンソン病は高率で痴呆症を併発すると言われている。そうしたら痴呆症の夫婦の未来はどうなるの。それなら今のうちにパーキンソン病の根本的な治療法の可能性くらい、模索しておくべきだと思いませんか？」

田口は呆然《ぼうぜん》とする。自分は患者に寄り添う医師だと思われている。だが患者の家庭の五年後の未来のため、新たな研究を立ち上げようなどと思ったことはない。

「実はすみれ先生の発想はそれほど的外れでなく、基本的なアイディアとしては充分成立している。ひょっとしたら今もどこかの国で密《ひそ》かに研究され始めているかもしれないよ」

田口の言葉に、すみれはぽかんと口を開けた。

「それならどうして、そのことをカンファレンスの場で言ってくださらなかったんですか」

「無駄だからだ。それどころか、話がこじれて収拾がつかなくなってしまう。どのみち山室教授にその研究をやろうという気持ちはない。前例があるとわかっても他の理屈をつけるだけだ」

「でも理屈がつかないかもしれない。そしたらあたしが勝てたかも」

「そんな可能性がわずかにあったら、それこそまさに最悪だ。もし論争で君が勝ったら教授のメンツは丸つぶれだ。そんな研修医を、あの山室教授が教室においておくと思うのかい？」

「それって大学病院にあるまじき姿勢だと思います。大学病院は学問の府で、学問の要諦《ようてい》は自由闊達《かったつ》な議論にあるんですから」とすみれは憤然と言う。

　田口は疲れたような微笑を浮かべる。

「すみれ先生は正しい。でも残念ながら大学病院はユートピアではない。自由闊達な議論なんて、存在しないんだよ」

　すみれは嚙《か》みつくような目で田口を見た。

「田口先生は戦わずに尻尾《しっぽ》を巻いた負け犬ね。だから窓際の外来診療に回されてしまうのよ」

「すみれ」と小百合が厳しい口調で叱責《しっせき》する。田口は穏やかに笑う。

「いいんですよ、小百合先生、すみれ先生の言葉は一面の真実です。でも残念ながら半面の真実です。私がすみれ先生のようにきっぱりした態度で山室教授に相対していたら、とっくにここから追い出されていたでしょう。でも現実に私はここにいて、あなたたちと出会い、議論し、医学の本道について語り合っている。これも大学病院という場の懐の深さなのです」

　すみれは何か言おうとしたが、言葉にならないようで黙り込んだ。

田口は立ち上がる。

「世の中での戦い方は人によって千差万別です。すみれ先生のように直線的な戦い方ばかりでなく、優柔不断で先延ばしというのも大学病院では有効な戦術なんです。私は、すみれ先生の自由奔放でまっすぐな発想がうらやましい。そんな発想ができる方は今の医療現場に少ない。是非生き残ってください。すみれ先生は片平さんご夫妻の生活の未来を考えた。その生活を成立させるために必要な道は、パーキンソン病の根本的な治療法を確立することだけではない。そうしたことを考えついたセンスを大切に、これからも歩き続けていってください」

「なぜ田口先生は、先生を侮辱したあたしに、そこまで温かい言葉を掛けてくれるんですか」

「侮辱されてむっとするのは個人的な感情です。でもすみれ先生の考え方が医療現場に根付けばその分、医療界は豊かになる。まあ、自分が思いつかないようなへんてこりんなアイディアを考えつくような変わり者は大切にする、というのが私のモットーなのです」

「田口先生って、懐が深いんですね」と小百合が言う。田口は肩をすくめる。

「実は私自身、大学病院ではそんな変わり者のひとりなんです。私の居場所を作ってくれている東城大はいい大学です。ですので一刀両断に切り捨てないで、いろいろな角度から見てください。研修は始まったばかり、あと半年あるんですから。それにすみれ先生の発想を実現するチャンスも、ゼロではないかもしれない。山室教授の任期はあと一年少々です。トップが代われば中身も変わる。それが大学病院のいいところでもあるんです」

田口は微笑した。すみれは遠い目をして言った。

「それなら気長に待ってみるのも面白いかもしれませんね」

そんなすみれを見つめた田口は、彼女は自分では気づいていないけれど、こぼれ落ちそうになる病人の想いを柄杓《ひしゃく》のように汲《く》み上げる、天空の北斗七星のような医師になるのかもしれない、とひそかに思った。

彼女たちの研修は予定より早く、三ヵ月で終了した。実家の碧翠院桜宮病院の諸事情で、予定よりも早く召還されてしまったのだ。

半年後、英国の脳神経外科医がすみれの発想と似た手術を実施したという論文を学会誌に掲載した。脳深部刺激療法という手術法が確立され、日本でも保険治療として承認されるまでには、それからまだ長い年月を必要としたのだった。

星宿

2007年　冬

1

東城大学医学部付属病院の別棟、オレンジ新棟のホールに、小ぶりのもみの木を運び込みながら、「この木を飾るのも、今年が最後かもしれないわね」と誰かが口にしたのに対し、負けん気が強い如月翔子《きさらぎしょうこ》が何も言い返さなかったのは、彼女自身が来年のクリスマス・パーティの開催を危ぶんでいたせいでもある。

だがこうしてもみの木を出してしまえば、そこに七夕の時みたいに病児たちの願い事を書いた短冊がぶらさげられ、華やかなデコレーションになる。

病児の短冊は用意されていて、あとは飾り付けるだけだ。ナースステーションではこの短冊を見て、願いを叶《かな》えてあげようという願い事委員会が立ち上げられていた。

短冊係の新人看護師が言った。

「如月主任、ちょっと見てくださいよ、亮《りょう》君の願い事」

如月翔子は肩をすくめた。そこには「南十字星を見たい」と書かれていた。

「困ったわねえ。星座図鑑とかで見せてあげるのは簡単だけど、そんなことはとっくにやっているでしょうからねえ」

短冊の主、村本《むらもと》亮は天文マニアの中学生で小児病棟の入院患児の中で一番年長だ。

彼の病気は髄膜腫《ずいまくしゅ》で、発見されたのは一年前だ。

人体は毎日、失われた細胞が補充され、再構築されている。失われた分だけ補充するように増殖がコントロールされている。こうした恒常状態をホメオスタシスと呼ぶ。

病気とは正常状態からの逸脱、表現を変えればホメオスタシスの破綻《はたん》だと言える。

亮が罹《かか》っている髄膜腫は脳腫瘍《のうしゅよう》の一種だ。

腫瘍とは本来なら補充が完了した時に停止すべき細胞増殖が暴走した状態だ。腫瘍は良性と悪性がある。良性腫瘍は正常組織との境界が明瞭《めいりょう》で増殖も緩徐で限局的、いわゆる「おでき」の類《たぐい》だ。悪性は増殖が速い上、侵襲性が強い。

一般に「がん」と呼ばれるものだ。悪性腫瘍であるがんは異常増殖が局所に留《とど》まらず身体中に飛び散る。これを転移と呼ぶ。そして転移先で勝手に増殖を始める。

がんは腫瘍細胞を除去できれば完治する。できなければ不幸な転帰を取る。腫瘍細胞の除去には物理的除去の手術と、腫瘍細胞を攻撃し無力化する放射線治療や抗がん剤治療がある。がん治療の厄介な点は正常細胞にもダメージを与えるということだ。抗がん剤や放射線治療は、がん細胞の増殖速度が正常細胞よりも速いという相違点を標的にしている。だから増殖速度が速い正常細胞にもダメージを与えてしまう。

ダメージを受ける正常細胞の代表が腸の粘膜細胞、白血球、毛根細胞等だ。それらの細胞は毎日、大量に作られている。なので放射線治療や抗がん剤治療をすると、白血球が減少し感染しやすくなり、毛髪が抜け、下痢をするという副作用が出現する。

脳を覆う髄膜細胞の異常増殖の髄膜腫には外部に転移する悪性例もあるが、概《おおむ》ね「おでき」のように境界明瞭で成長速度も遅く局所に留まることが多い。その意味で亮の腫瘍も良性に近い。だが脳腫瘍の特殊性から悪性だとも言えた。脳という器官は機能が高度に分化し他の部分の代替が利かないため、ある部分が圧迫されれば身体の機能不全に直結する。また大脳は頭蓋骨《ずがいこつ》内にあり容量が限定され、細胞が異常増殖すれば正常部が圧迫され、機能不全につながる。

髄膜腫の治療は手術で摘出できればほぼ終わる。だが亮は手術を拒否していた。

簡単な手術とはいえ頭部にメスをいれるのだから、怖くなるのも当然だろう。

状況は悪化していた。腫瘍が徐々に増大し、脳を圧迫し神経学的症状が出ていた。

吐き気や頭痛に襲われ、減圧治療という対症療法のため入院したが、根本原因を除去しなければ問題の解決にならない。小児病棟のスタッフは亮が手術を受ける気持ちになるにはどうすればいいか、頭を悩ませていた。クリスマスの願い事を叶えてあげれば説得できるかも、という淡い一縷《いちる》の望みは、短冊に書かれた言葉に粉砕された。

「今年はツイてないわ。恒例のクリスマス・コンサートの開催もダメになりそうだし」

「ほんと、小夜《さよ》がいればねえ」という先輩の森野《もりの》弥生《やよい》のぼやきに、翔子が言う。

「小夜はいないけど、いざとなったらあたしがソロパートを引き受けます」

「遠慮しておくわ。だってあなた、音痴なんだもの」

「失礼ですね。そりゃあ小夜には敵《かな》いません。彼女はオレンジの、いえ、東城大の歌姫だったんですもの。でも気は心なんですから」

「歌姫のいないオレンジ聖歌隊はお客さまの前に立てないわ。ＢＧＭとしてならお聞かせできるけど。たった一年でこんなに変わってしまうなんて思わなかった」

　森野弥生の吐息に翔子も同調する。

　オレンジ新棟は本部棟から離れた雑木林の中にある独立病棟で一階は救急病棟、二階が小児病棟で新館と二階の空中回廊でつながっている。だがオレンジ新棟は機能不全に陥っていた。歌姫は姿を消し、救急病棟に君臨していた将軍《ジェネラル》ももう一人の師長と一緒に去った。なので猫田《ねこた》師長は二つの病棟師長を兼任し、オレンジ新棟総師長と呼ばれている。翔子は救急部ユニットの主任に昇格したが、なぜか二階小児病棟の看護師長のような仕事をさせられていた。猫田師長のいい加減さゆえなのに、当の本人に「二階の裏番長」などと言われるのは心外だ。

　一階の師長代理は権堂《ごんどう》主任で、翔子は一階も手伝わされた。というよりそれが本来の彼女の業務だったのだが。

救急部ユニット部長代理の佐藤《さとう》はダジャレを言う悪癖があるが、最近はそんな余裕もなく業務に追われていた。猫田との話は入院患者に関する懸案事項や看護方針の確認など、主要業務に関するものばかりでクリスマス・パーティや子どもたちの願い事について相談する時間はなかった。そんな風にオレンジ新棟の上下階を統治していて多忙なはずなのに、猫田は一階のICU部長室でうつらうつらしていることが多い。

シエスタは猫田の特権だが、最近は特に拍車が掛かっている。将軍がいた頃は常にICUベッドの患者が映し出されていた部屋のモニタには、今は何も映っていない。

部長代理の佐藤はベッドサイドを歩き回り、ナースステーションの片隅の仮眠所で眠った。なのでこの部屋は完全に猫田の仮眠室と化していた。

ベッドの村本亮は顔色が悪い。最近吐き気が強く、脳圧を下げる浸透液の点滴をしているが、効果は少ない。翔子が見回りに行くと、亮は気だるげに身体を起こした。

「亮君は南十字星を見たいんですってね」と翔子が体温を測りながら言う。

「短冊、見たんだね」と亮はぼそりと言う。

「南十字星って英語でサザンクロスって言うんでしょ。そういえば一昨年《おととし》、アフリカから五歳の坊やがきて心臓の手術を受けたんだけど、確かアメリカのサザンクロス病院から紹介されてきたのよ」

「全天には八十八の星座があるけど、サザンクロスはその中で一番小さくて、あまり大した星座じゃないんだよ」

翔子は五歳の子どもが心臓手術を受けたというエピソードを入れ手術を説得しようとしたが、天文マニアの亮は南十字星の方に関心が行ってしまった。

亮は熱心に話し続けた。銀河系には恒星が二千億個、全宇宙に銀河が二兆個以上あること。目で見える星は六等星までで九千個くらいしかないこと。桜宮で見える星の数はスモッグのない高原の夜空と比べて十分の一で天の川も見えないこと。天の川は太陽系が属する銀河系の星の集団であること、今見えている星の中には寿命が尽きて存在せず、過去の光が届いている星があること。話が壮大で翔子はくらくらした。

「でも南十字星って名前がかっこいいわよね」

「名前ばっか立派だけど、中身は本当に情けない星座で、明るさがまちまちで近くのニセ十字とよく間違えられるんだ」

「ふうん、それならどうしてそんな情けない星座を見たいの？」

「南十字星が情けないのは、たったひとつの星のせいなんだ。全天に二十一個しかない一等星がふたつ、二等星もひとつあるのに、四番目の星が暗くて明るさが揃っていないから、星座としてはしょぼくれているんだ。その四番目の星って僕みたいだなあ、なんて思ってさ。だからこの目で見てみたいんだよ」

亮は四人兄弟の末っ子で、三人の兄はみな優秀な大学に通っていた。この子だけは成績が悪いんです、と母親がこぼしていた。

そんなことどうだっていいじゃない、と翔子は思う。この小さな頭脳の中には広大な星空がすっぽり入っているんだもの。でもそんな高度に構築された神経細胞の連なりが異形の存在物で破壊されていくのを見ているのは辛《つら》い。

亮のベッドサイドを去る時、翔子はせめて彼の願い事は叶《かな》えてあげたいと思った。

だがいい知恵が浮かばなかった彼女は得意技、他人の知恵を当てにすることにした。

2

「……というわけで、何とかして亮君に南十字星を見せてあげたいの」と一気に言い、翔子はひと息いれた。長身の男性は肩をすくめる。

「確かに俺はあんたに、便利屋のお試し無料一回券を差し上げたが、これは本来の俺の業務と違う。そもそも便利屋への依頼というのはもっと具体的にどうこうしたいというもので、たとえばソイツを南米に連れていくから航空券の手配をしろ、とか星座図鑑を買ってこいとか、そういう依頼であって、南十字星を見せてやりたいだなんて抽象的な頼み事は……」

「つまりあたしの依頼は受けられないっていうの？」

ドスの利いた言葉に、城崎《しろさき》は肩をすくめた。

「違うよ、違いますって。そんなトンチみたいな依頼は本来業務ではないということを言っておきたかっただけだよ。とりあえず助手に相談してみるよ」

「立ちあげたばかりなのにもう助手がいるなんて、本物の会社みたい」

「相変わらず口が悪いねえ、このお嬢さんは」

城崎は苦笑した。迦陵頻伽《かりょうびんが》と呼ばれていた伝説の歌姫のマネージャーで、彼女が極楽病棟と呼ばれる新館てっぺんの病棟に入院していた去年のクリスマス、翔子と知り合った。かつてロックグループのベースをしていたとか、桜宮の医療の暗部になぜか通暁しているとか、得体の知れないところがあった。その後、便利屋を始めて翔子にサービス券をくれたのだ。いい加減だが、何とかしてほしいと思った時に真っ先に頭に浮かんでくるような男だった。


東城大学医学部付属病院別棟オレンジ新棟一階は救命救急センターで、二階は小児病棟だ。小児科の奥寺《おくでら》前教授は今年三月に定年を迎えて退官し、小児科の非常勤アドバイザーになっていた。奥寺前教授は若くして教授になり、教授たちの中でも東城大学医学部付属病院での勤務が最長だった。

そのため、海千山千の腹黒ダヌキ・高階病院長の弱みを握っているのではないかと囁《ささや》かれていた。だがそれで残留できたという可能性はないというのも廊下トンビたちの共通認識だ。つまり、奥寺前教授の清廉潔白さは皆の共通認識だったわけだ。

実は小児病棟の存亡の危機の折り、教授不在の状態ではまずいと総合的に勘案した高階病院長に懇願されての非常勤アドバイザー残留だったのだ。医学部では教室運営上、非合理なシステムがデフォルトになっている。任期を終えた教授が退官してから次の教授の選考に入るのだ。対外業務がある部署なのに一時指揮・命令系統に穴が開くという、致命的なシステムエラーを含む。一般企業でいえば、次の社長を決める前に現社長が退任してしまうようなものだから、不合理だ。責任ある組織なら、前社長の任期内に次期社長を決め、新社長に業務を引き継ぐものだ。いかに未熟なシステムであるかがわかるが長年の慣行を改めようとする者はいなかった。

簡単な改善策、つまり現教授の任期中に次の教授選を行なうことができないのは、教授選が教授会の選挙だからだ。現任者の目前で後任者の選出をするのは上品な教授連には耐え難く、下品な教授連には次の新教授への影響力を行使する機会を手放すことになる。現任の教授がシステム変更を申し出ても残り任期が一年を切っているので力はなく、当人以外の人物が変更しようとしても、なぜ今回そうするのかと反論されそうで、あえて火中の栗を拾う猛者《もさ》もいない。

だがそんなシステムにも美点はある。名君の治世が延長される可能性があるのだ。奥寺前教授の、非常勤アドバイザーとしての残留は各部署から歓迎された。背景には有力な後継候補、副島《そえじま》真《ま》弓《ゆみ》が生真面目すぎるということもある。彼女は杓子《しゃくし》定規に病棟運営をした。その主張は正しいが正論ばかりでは世の中は回らない。

組織の後任人事を遅滞させその部署を円満に廃止できたりもする。一年前、不祥事の責任を取り救命救急センター部長と師長が関連病院に異動して以来、後任人事は滞っている。オレンジのリストラがウワサされる所以《ゆえん》だ。救命救急センターでは副部長の佐藤が部長代理として激務をこなしていたが、そんな佐藤の気持ちを挫《くじ》くような人事案がこの秋発表された。二階小児病棟の猫田師長がオレンジ新棟総師長なる、新役職に任命されたのだ。それは救命救急センター閉鎖の第一歩だと誰もが考えた。もともとオレンジ新棟発足時、小児科と救命救急という不採算部門をひとつにまとめてお取り潰《つぶ》しにする深慮遠謀だと勘ぐった連中もいたくらいだ。佐藤が救命救急センター部長に昇任する御沙汰《ごさた》はなく、奥寺前教授が退官しても次の小児科教授を決める教授選の公示もない今、彼らの読みは的中したように思われた。

副島准教授は半ば諦念《ていねん》をもってそんな状況を眺めていた。奥寺前教授が退官し八ヵ月経っても小児科教授選は公示されず、越年が確実になった状況は、次世代体制の構築を放棄しているようにしか見えない。

ならばお望み通り病棟活動を縮小しますというのが副島准教授の言い分だ。一階と二階を合併し小児病棟の看板を下ろしたに等しい現状では、恒例のクリスマス・パーティなど自粛すべきだ。翔子はそんな副島准教授を懸命に説き伏せた。副島自身、誰かにストップをかけてもらいたいとも思っていたので、少しほっとした。

一方、一階の救命救急センターの佐藤部長代理が自分と同様の立場にありながら、クサらず日常業務に邁進《まいしん》しているのを見ると尊敬の念が湧いてくる。この間までサクラテレビの報道番組のクルーが一階の救急病棟の取材で出入りしていたが、終わったらしく最近は見かけなくなった。クリスマス前後にオンエアされるらしいが、どんな顔で出演しているのかしら、と副島准教授は微笑ましく思った。

今のオレンジには、それくらいしか明るい話題はなかったのだ。

3

クリスマス・パーティまで二週間と迫った師走《しわす》のある日。

翔子は黒ずくめの長身、城崎の再訪を受けた。

「ご希望通り、南十字星を見せられるかも、と俺の助手が言っている」

「ほんと？　すごいけど、どうやるの？」

「マジックの種はオレンジ新棟の三階に行けばわかるって、助手は言ってるんだが」

「何を言っているの。オレンジ新棟は二階までしかないわ」

「ところが病棟のつきあたりの非常階段から三階に行けるって助手は言ってたぞ」

「ちょっと待って、このあいだから助手って言っているけど、その助手ってひょっとして病院関係者？」

「関係者と言えば関係者かな。オレンジ新棟と縁《ゆかり》の深い坊やだよ。俺の愛弟《まなで》子《し》、東城大の歌姫のお気に入りでもある」

翔子の脳裏に一年前に退院した、ひとりの少年の面影が浮かんだ。

「まさか、あなたの助手って牧村《まきむら》君なの？」

「イグザクトリー《ご明察》」と城崎は親指を立てた。

翔子は城崎と連れ立ってオレンジ新棟の外に出て非常階段を上った。ここに勤めて三年近くになるがこの階段を上ったのは初めてだ。確かに二階の上に続く階段がある。だが扉には鍵《かぎ》が掛かっていた。翔子はオレンジ新棟一階の管理室に行ってみたが、三階と書かれた札がついた鍵はなかった。

「非合法的な手法で鍵を開けろってことかな」と城崎が言うと、翔子は首を振る。

「それは最終手段ね。まず東城大の生き字引、猫田師長さんに聞いてみるわ」

「うわ、とんだ災難だ、俺はあのおばさんが苦手なんだよ」

城崎はぼそりと呟《つぶや》いたが、翔子はその言葉を聞き流した。

一階の部長室のソファで横になっていた猫田師長は身体を起こし、大あくびをした。

その姿は眠り猫という渾名《あだな》にぴったりだ。

「鍵を探しているんです」と翔子が言うと、猫田は不思議そうな顔をした。

「オレンジ三階？　如月、なぜあの部屋のことを知ってるの？」

翔子は、城崎から聞いた話をした。すると猫田は立ち上がる。

「ふうん、牧村君がねえ。目敏《めざと》い子ね」

「本当にあるんですか、三階なんて」

「非公式の部屋だから教えたくなかったんだけど。そんな事情なら仕方ないわね」

猫田師長は管理室に入ると、キーボックスの片隅にぶら下がっている、無記名の木片がついた鍵を取り上げ、オレンジ新棟の建物の外に出た。

寒風が、びょう、と吹き抜けた。翔子は両肘《りょうひじ》を抱いて、ぶるりと震える。

猫田師長は立ち止まり、目の前に聳《そび》えるオレンジ新棟を見上げて尋ねる。

「オレンジ新棟の建物を見て、何を連想する？」

「ええと、あの、ミカン饅頭《まんじゅう》、ですか」と翔子は戸惑って答える。

「こりゃあダメだわ。そっちのノッポのお兄さんはどう？」

「教会の礼拝堂かな」と城崎は逆光の中、オレンジ新棟を見上げ目を細める。

「あら、見かけによらず敬虔《けいけん》なのね」

「昔相方が、極楽病棟からドームを見下ろして、何だか祈りたくなる、と言ったんだ」

「惜しいけどハズレ。丸いドームが必要な建物は多くない。三階に行けばわかるわ」

歩き始めた猫田師長の足取りはゆっくりなのに意外に速く、その後を大柄な二人が小走りで追いかける。

非常階段を上り鍵を開けると埃《ほこり》っぽい臭いが広がった。壁のスイッチをいれると、ぼんやりと灯《あか》りが点《とも》る。目を凝らすと、いろいろなものが雑然と置かれているのが見えてきた。どう見ても物置にしか見えない。

「足元に気をつけてね。このオレンジ新棟ができた当時のがらくたを全部放り込んだきり、ずっと放置してたから」

言われなくてもあちこちの物品を避《よ》けながら歩けば、注意深くなる。

やがて猫田師長は立ち止まると振り返る。

「入院していた時、あの坊やがこれを見つけていたなんて、大したものね」

そこには台座の上に置かれた、細長い物体があった。

「これって何ですか？　大砲みたいですけど」

翔子が尋ねると、猫田は吐息をついて言う。

「呆《あき》れた娘《こ》。どうしてこれが大砲に見えるの。これはプラネタリウムの投映機よ」

城崎は携帯を取り出して検索し、画面と比較して言う。

「カールツァイス社の初期モデル、一球式の一型ですか。よくまあ、こんな古代遺産が残っていたものですね」

「そんなことがすぐわかるなんて、便利な世の中になったわね」と猫田は携帯の画面をのぞき込んで言う。翔子が訊《たず》ねる。

「でも、なぜここにプラネタリウムがあるんですか？」

「それは、あたしが絡んでいるの」と猫田は言うと、目を細めた。

「昔、大嫌いな外科医がいた。傲慢《ごうまん》でやりたい放題で反発したわ。でもいなくなって、その人が誰よりも優しかったことに気がついたの。いつかそのことを言いたかった。その人は外国で外科医をしていると風の便りに聞いた。その頃、あたしが所属していた外科学教室は内部のごたごたでぐちゃぐちゃになった。嫌気が差して辞めようと思ったらある日、婦長さんが国境なき医師団の参加募集を教えてくれた。あたしは話に飛びついた。外科学教室を離れられるし、縁があればひょっとしたらその先生にもう一度会えるかもしれないなんて思ったの。それで派遣されたのは南米の小国だった」

「南米ってブラジルがある所ですよね」という翔子の相づちに、猫田は苦笑する。

「だいたい合ってるわ。でも南米には他にもたくさん国があるわ」

「アルゼンチン、チリ、ボリビア、ペルー、エクアドル、ウルグアイにパラグアイ。コロンビアにベネズエラ。南米の西半分はスペイン語圏で、ブラジルだけポルトガル語圏なんだよ」と城崎がすかさず補足説明する。

「それで、その先生には会えたんですか」と翔子が訊ねると、猫田は首を振った。

「会えるはずないでしょ。あたしはアマゾンの小村に派遣される予定だったけど、ゲリラ活動が激しくて首都で医療のお手伝いをすることになり、天文マニアのお医者さんと出会った。潰《つぶ》れた娯楽施設から中古のプラネタリウムを引き取り、子どもたちに月に一度星を見せていた、変わった人。でもプラネタリウムを見た子どもは病気の治りもいいように思えた。あたしが日本に帰ったら病気の子どもにプラネタリウムを見せたいと言ったら、そのお医者さんは言った。『今の院長はプラネタリウムを維持するつもりがないから、僕が病院を辞めたらプラネタリウムも撤去されるだろう。そうなったらこの投映機はマリにあげよう』って。冗談だと思っていたら、帰国して一年後に病院宛てに船便で大きな木箱が届き、事務の人があたしを呼びにきた。開けてみたらこの投映機だったってわけ」

「その先生は、病院を辞めたんですか？」

猫田は愛《いと》おしげに投映機を撫《な》でた。

「荷物に院長先生の手紙がついてた。あの国で軍事政権が弾圧に走り、その先生は正規軍に殺されてしまった。日常生活の隣に戦場があるような国だった。先生の志を託されたあたしは病院長に、院内にプラネタリウムを設置したい、と掛け合った。その頃、オレンジ新棟を設計中で、目立ちたがり屋の院長先生は、目玉になるものを探していて、この話に飛びついた。新病棟の三階にプラネタリウムを設置すれば、話題になってテレビや新聞に取り上げられるかもしれないからね」

「いくら機械が手に入ったって、病院にプラネタリウムを作るなんてバブリーだな」

「あの頃はそういう時代だったのよ」という猫田の言葉に城崎はうなずく。

「じゃあなぜ、プラネタリウムはできなかったんですか？」

猫田は目を閉じた。

「目立ちたがりの病院長は計画を独断で進め、設計事務所と頻繁に打ち合わせ、普通と違う病院にするという合意はあったけど、プラネタリウムの設置は職員に内緒にしていた。ところが基礎工事が始まり建物の骨格が完成した頃、院長先生が構想を事務長に話したら大騒ぎ。自分を無視して企画が進んでいたことに臍《へそ》を曲げた締まり屋の事務長が、厚生省に注進して一巻の終わり。バブルが弾《はじ》けた影響が医療現場にも押し寄せて、何でも縮小という時代だったからひとたまりもなかった。でも院長の秘密主義のおかげで、そのことを知っているのは院長や一握りの病院上層部とあたしだけだったので、あの部屋を物置にしてプラネタリウムは封印して体裁を保ったってわけ」

翔子は改めて古色蒼然《そうぜん》とした投映機を眺めた。はるばる地球の裏側からやってきて、ここにある縁。長らく封印されていたのに今、こうして日の目を見ることの不思議。

きっとこのプラネタリウムが、亮君の願いを叶《かな》えなさいとあたしを呼んだんだ、と翔子は勝手に思った。翔子は城崎に、言った。

「便利屋さん、次のお願いがあるんだけど」

「この投映機を動かせるようにしろっていうんだろ。もちろん便利屋だから依頼があれば引き受けるし、ここから先の依頼は本来の便利屋的な業務だから何とかしたいが、ひとつ言っておく。サービス券は一回無料だから、ここからは料金が発生するぜ」

「そんなあ。ここまで来たら乗りかかった船ってヤツじゃない」

「冗談じゃない。大体、東城大とは相性が悪いのにここまで道筋をつけてやったんだから感謝してもらいたいくらいだぜ。さて残りは二択、ここから先は自分たちで何とかするか、あるいは料金を払い正規に依頼するか、だな」

隣で話を聞いていた猫田が言う。

「サービス券だの正規料金だのって、何の話？」

翔子がこれまでの経緯を話すと、猫田はにっと笑う。

「それなら問題ないわ。便利屋さんはあたしにもサービス券をくれたもの」

城崎は唇を噛《か》んだ。確かにそんな記憶はある。

「というわけであたしのサービス券を使ってお願いしなさいよ、如月」

「あんたたちは簡単に考えているようだけど、地球の裏側から来て十年近くほったらかしにされていた骨董《こっとう》品を動かすのは簡単じゃない。スイッチを入れて終わりってわけにはいかないんだ。わかっているのか、俺はドラえもんじゃないんだぞ」

三階の鍵《かぎ》を借り受けた城崎はぶつくさとそんな恨み節を残して姿を消した。

4

翌日。オレンジに顔を出した城崎は埃まみれ、ダンディな色男ぶりが台無しだ。

彼は疲れた声で翔子に言う。

「あちこちの配線がイカれていたから修理をしたが、ありゃとんでもない代物だぜ。故障は修理したから一応動く。電源の取り入れ口は南米仕様で変圧器も必要だがこれも手配する。電球が切れていて交換が必要だが、これも便利屋で対応可能な範疇《はんちゅう》だ。ただひとつどうにもならないことがある。プラネタリウムの上映は不可能だ」

「動くなら上映できるじゃないの」と翔子が口を尖《とが》らせると、城崎は首を振る。

「投映のための電力がべらぼうにかかる。計算したらこの病棟の全電力を回して何とか稼働しそうなくらいだ。オレンジ新棟の電力を全停止してプラネタリウムに回せば上映できないこともないが、そんなことは不可能だろ」

翔子は呆然《ぼうぜん》とした。病棟の電力を止めるなんて、命に関わるから不可能だ。

「さ、諦《あきら》めたかな。それでは業務完了、俺はここで失礼する」

そそくさと立ち去ろうとした城崎の背広の裾《すそ》を、反射的に翔子は摑《つか》んだ。

「ちょっと待って。乗りかかった船でしょ。もう少しつきあってよ」

「そりゃあ構わないが、この先どうするつもりだよ」

「困った時の神頼みというけれど、東城大では困った時の地蔵頼みというのよ」

そう言って翔子は微笑した。


翔子は本館西側の外付けの非常階段を下りていた。翔子が向かったのは東城大学医学部の駆け込み寺、不定愁訴外来だ。後をついてくる城崎はぶつくさ言う。

「東城大の設計ミスの袋小路《ふくろこうじ》部屋か。東城大って、本当に計画性のない組織だよな」

扉を開けると珈琲《コーヒー》の香りが漂ってきた。両袖机《りょうそでづくえ》に白衣姿の中年男性が座っている。

「お久しぶりです、田口先生。確か一年ぶりですか」

「ええ、本当に」とうなずく田口に、翔子は周囲を見回して尋ねた。

「藤原《ふじわら》さんはどうされたんですか」

「鬼の霍乱《かくらん》で風邪でお休みです。城崎さんもお久しぶりですね。珈琲でも召し上がりますか？　私が淹《い》れたんですけど」

　田口は奥の部屋に姿を消すとカップをふたつ手にして戻り、ふたりに手渡した。

　珈琲を飲み干した翔子は、ここまでの経緯を一気に話した。

「というわけで、プラネタリウムの上映まであと一歩のところまで来たんですけど、ここで頓挫《とんざ》してしまったんです」

　ふん、ふん、と話を聞いていた田口は、翔子が話し終えると静かに言った。

「オレンジ新棟全体を賄うような電力を調達するなんて、私にはできませんよ」

「そんなあ。田口先生なら何とかしてくれると思ったのに」

「それは買いかぶりですよ、如月さん。私はボランティアで雇い主を支援するために未来から派遣された猫型ロボットじゃないんですから」

　むっとする如月翔子の隣で城崎がくっくっくと笑いをかみ殺す。田口は続けた。

「私には無理でも、何とかしてくれそうな方はいます。善は急げ、早速伺いましょう」

　田口は立ち上がると先導して部屋を出た。続いて立ち上がった城崎が、小声で翔子に尋ねる。

「困った時の地蔵頼みって田口先生のことだったのか。何であの先生が地蔵なんだ？」

「極楽病棟に勤務していた頃、入院していたお爺《じい》さんやお婆さんの話をよく聞いてあげて人気があったの。で、お年寄りが田口先生をありがたがってお饅頭《まんじゅう》やお煎餅《せんべい》をお供えみたいにあげてたから昔、田口先生は極楽病棟のお地蔵様と呼ばれていたの」

「なるほど、言われてみれば地蔵に似てて、少しジジむさいな」

階段下から、二人を急《せ》かす田口の声が聞こえてきた。

「ほんと今日は厄日だ。ここしか行き場はないとわかっていたはずなんだが」

田口が院長室の扉をノックしている隣で、城崎はしきりにぼやいた。

「俺はあの猫田って師長と古ダヌキの病院長が苦手の双璧《そうへき》なんだ」

「あら、あたしは違うのね。光栄だわ」と翔子が言うと、城崎は肩をすくめた。

「本当は苦手トリオと言いたいが、依頼主に無礼な口は利かない主義でね」

扉の向こうから穏やかな声で呼ばれ、翔子の反撃は未遂に終わった。

三人が院長室に入ると、大きな窓を背に座っていた高階病院長が立ち上がる。

「おや、これは珍しい方たちが見えましたね。どうぞそちらにお掛けください」

勧められソファに座った三人の向かいに、高階病院長が腰を下ろす。

「お目に掛かったのは去年のクリスマスでしたっけ。忘れられない日でした」

「あの時は院長先生は東京に出張中で、全権を速水《はやみ》部長に委任されたんです。ですのでお目に掛かったのはクリスマスの後かと」

「事後処理のどたばたの時でしたか。で、今日はどういったご用件でしょう」

翔子が黙っているので仕方なく田口が内容を説明し始めた。もちろん田口は事情を知らないので、話がとぎれるとその都度翔子が補足した。自分で説明しろよと逆ギレしないなんて田口先生は人格者だな、と隣で聞いていた城崎はしみじみ感心した。

高階病院長は煙草に火を点《つ》け、紫煙をゆっくり吐き出した。

「みなさんはツイていらっしゃる。それは私の手にも負えませんが、もう少ししたら、そういう妙な事が大好きなお客さんがきます。その方に相談してみましょう」

間髪いれず、ココココーンと知床《しれとこ》の森に鳴り響くキツツキが木の幹をつつくようなせわしないノックの音がして、返事を待たずに扉が目一杯に開かれた。

「グッモーニン、すみません、高階センセ。二分四十秒、遅刻しちゃいました」

「いえ、バッチリのタイミングです」

隣で石像のように固まった田口を見て、訪問客はすっとんきょうな声を上げる。

「あれ、田口センセ、なぜここに？　ははあ、さては僕がここに来ると知って待ち伏せてたのかな。やっぱ僕たちは赤い糸で結ばれているんだ。おまけに隣は何でも屋を開業した城崎ちゃんに救急病棟の暴れ馬ショコちゃん。これって一年前のクリスマスの惨劇の事態収拾の功労者たる僕に謝意を表するサプライズ・パーティかな」

速射砲のように喋《しゃべ》るのは、厚生労働省の火喰《ひく》い鳥にして田口の疫病神、白鳥圭輔《しらとりけいすけ》だ。

「げえ、今日は厄日どころじゃない。天中殺《てんちゅうさつ》だ」と城崎が翔子に小声で言う。

「ということは城崎さんはあたしや猫田師長や院長先生より苦手なの、あの人が？」

「アレは別格だ」と城崎がぼそりと言うと、高階病院長は穏やかな口調で言う。

「惨劇を懐かしむパーティを開こうなんて考える奇矯な人は、世界中見回しても白鳥君くらいです。実は今、彼ら三人から相談されたところに君とのアポを思い出し、二分四十秒ほど首を長くしてお待ち申し上げていた次第です」

「さすが高階センセ、誰に知恵を借りればいいか知っているのが真の賢者、というソクラテス大先生の教えを忠実に実践しているんだね。まあ、鮫《さめ》の脳みそみたいな三人を寄せ集めたところで、文殊《もんじゅ》の知恵にならないのはしょうがないよ。いいでしょう。ではセンセの期待にお応《こた》えして一発で、びしっと答えをお出ししましょう」

　院長室の先客三人は一斉に怒気を孕《はら》んだ空気を身にまとう。

　真っ先に口を開いたのは、温厚篤実、人格者と思われていた田口だった。

「前口上はいいですから、どうすればいいのか、早く教えてください」

　さっきまで翔子の不遜《ふそん》な言葉にも大人の風格で対応していたのにまるで別人だ。

　田口は大人ではなく、この無礼攻撃をいつも受けているから、それ以下の無礼には不感症になっているだけなんだ、と城崎は瞬時に理解できた。

　白鳥は即座に言い返す。

「そりゃ僕だって田口センセの頼みとあれば一刻も早く解決策を教えてあげたいのは山々だけど、でもそのためには何を解決してほしいのか、まず教えてくれないとね」

田口はぐう、と呻《うめ》く。まったくごもっともな指摘だ、と城崎は肩をすくめた。そこで田口は翔子から聞いた内容を話し出す。それを翔子が補足するという夫婦《めおと》漫才が繰り返された。黙って話を聞き終えた白鳥が、大あくびをした。

「そんなことでこんなところで真っ昼間から大の大人が四人も集まって悶々《もんもん》としていたワケか。凡人は何人集まっても凡人だね。それって一をいくら掛け合わせても一なのと同じだから仕方ないか」

話を聞いていた四人が一斉にむっとした表情を浮かべた。

「怒らない怒らない。これでも褒めているんだよ。みんなが一未満だったら掛け合わせたらどんどん小さくなるもん」

「そこまで大口を叩《たた》くなら、さぞやいいアイディアがあるんだろうな」

城崎がけんか腰で口を開くと、白鳥はへらりと笑う。

「何でも屋に言われるまでもないさ。僕の灰色の脳細胞はとっくに解答を見つけてる」

お前の脳細胞は灰色じゃなくて虹色《にじいろ》だ、と田口はぼそりとひとり小声で突っ込む。

「ほう、それじゃあさっさと言ってみろよ」と城崎が言う。

「電力が足りないなら、その分の電力を捻《ひね》り出せばいいだけさ。おしまい」

「でもオレンジ新棟全体を賄うくらいの電気量が必要なんです。そんなことをしたらオレンジ新棟は機能停止してしまいます」と田口が説明を兼ねて反論する。

「田口センセも答えの入口まで来てるのに、何でそこで立ち止まるのかなあ。病院は停電して機能停止したら困るからそれなりの対策をしてるだろ。震災や事故で電気が止まった時に電力を供給する非常用電源を使えばいいのさ」

四人は呆然《ぼうぜん》とした。プラネタリウムのため電力を横流しして電力不足になるのを、事故で電力供給が止まるのと同レベルで考えて問題解決を図るという単純な発想は、常人にできることではない。高階病院長が口を開く。

「確かに盲点ですが、そのアイディアは不採用です。非常用電源の使用には、重油での自家発電装置を稼働する費用が発生し、その額およそ三十万円ですが、その捻出《ねんしゅつ》ができません。それ用の予算は常に準備されていますが使用後に説明が必要になります」

「そんなの、後で言い訳すればいいんだよ。たとえば突然ゲリラが襲ってきて電源を破壊されたから仕方なく使ったとかさあ」と白鳥はしゃあしゃあと言う。

「そんな日本人離れした言い訳は、白鳥君の非常識世界では成立するかもしれませんが、我々の常識世界では通用しません。そこまでアイディアを出してくださったのであればもう一声、その予算の手当までお考えいただけませんか」

慇懃《いんぎん》な高階病院長の強制的依頼に、白鳥は即座に言い返す。

「やだよ。僕はボランティアで雇い主を支援する猫型万能ロボットじゃないんだから」

その言い訳に、城崎はむっとし、田口は憤慨し、翔子は必死に笑いをこらえた。

だが、即座に城崎が言う。

「ちょっと待て。確か俺はあんたに貸しがあったな」

「え？　何のこと？」

「あんたが関わった事件解決のため、田口先生に特別レッスンをつけたことだよ」

実際は白鳥の依頼ではなかったが、公私の境界線をたやすく乗り越えてゴッチャにしてしまう白鳥は、そのあたりの記憶が曖昧《あいまい》になっているようだ。

「そうだったっけ……」と考え込んだ白鳥に、城崎は畳みかける。

「借りは今すぐ返せ。非常用電源を半日動かす予算をどこかから分捕ってこい」

「ええ？　何で僕がそんなことを……」

四人の決然とした視線を一身に浴び、白鳥は吐息をついた。

「やれやれ、優秀な人間には艱難《かんなん》辛苦が押し寄せ汝《なんじ》を玉にする、というけど本当だな」

白鳥は立ち上がる。

「わかった、考えてみる。まったくここへ来るとろくなことがないなあ」

部屋を出て行こうとした白鳥を、高階病院長が呼び止める。

「それはこちらのセリフです。でも、今回の依頼をお引き受けいただきありがとうございました。御礼といっては何ですが、ひとつご恩返ししましょう。今日、白鳥さんがお見えになったのは、私に何か用があったからではありませんか」

　うっかりしていた、というように白鳥は振り返る。

「そうそう、肝心の用件を忘れてた。思い出させてくれてありがとね、高階センセ。これでチャラにされるのも癪《しゃく》だけど、まあ、高階センセのその誠意に免じて今回の件は正式にお引き受けする。というわけでこれから国家機密に関わる重大な相談事をしなくちゃいけないから、有象無象の雑魚《ざこ》どもはとっとと部屋を出ていってね」

　たちまち態度を一変させ、白鳥は田口たち一行を追い出しに掛かった。物には言い様というものがあるだろうと城崎はむっとし、田口はそんな罵詈《ばり》雑言に慣れているのか平然とし、翔子はラッキーとばかりに満面に笑みを浮かべ、三人三様の表情で部屋を出て行った。閉じかけた扉の向こうに、うんざりした表情の高階病院長の姿が見えた。

　エレベーターホールに向かいながら、翔子が言う。

「田口先生、本当にありがとうございました」

「私は何もしていません。感謝するなら高階病院長と、白鳥さんにしてください」

「これで俺はお役御免でいいかな」

　城崎が言うと、翔子はうなずく。

「ええ、ありがとう。本当は会場整備とか、まだお願いしたいことは山ほどあるけど、猫田師長のサービス券分の依頼はこれでおしまいだもの、仕方ないわ。諦《あきら》めるわ」

「何ですか、そのサービス券って」

何気ない田口の問いに城崎の顔から血の気が引く。同時に翔子の表情が光り輝く。

「ひょっとして田口先生も城崎さんからもらっているの？　便利屋城崎商店開店記念の無料相談サービス券」

「ああ、それなら五枚ほどいただきました」

城崎は深々と吐息をつき、ハイな気分で気前よくサービス券をばらまきすぎた、と過去の自分の軽率な行動を悔やむ。翔子は微笑する。

「それは素敵だわ。でもさすがに会場整備まで頼むのは気が引けるから、それは病棟のスタッフ総出でやります。でも田口先生のサービス券を一枚だけ使わせてもらうわ。当日の投映を仕切ってもらいたいんだけど」

城崎はほっとした表情で言う。

「お安い御用だ。もともと投映機の動作確認はする予定だったからな。ついでに投映の演出も引き受ける。あとはあのへちゃむくれ饅頭《まんじゅう》野郎が非常用電源の稼働予算を分捕ってこられるかどうか、だな」

だが、その場に居合わせた三人は、白鳥ができないとは誰も思わなかった。

5

十二月二十三日。非番の看護師は朝から会場整備に携わった。三階の開かずの間が開かれ、雑然と置かれた荷物を整理したら、中央に広い空間が取れた。一番重い星空投映機は所定の位置に据えられていたので動かす必要がなかった。

「いつか投映するつもりだったから、物置に片付けたように見せかけて定位置に置いてもらったの。あの時は若手のドクターが十人がかりで運んでくれたわ」

猫田師長がしみじみと言う。大掃除後に椅子を搬入し窓に黒いカーテンを下げ遮光を完成させた頃には日が暮れていた。後は城崎が残ってごそごそとやっていた。

翌日のクリスマス・イブ。病棟ホールのもみの木の下で恒例の看護師聖歌隊がクリスマス・ソングを歌い、電子ピアノで城崎が伴奏した。プロの演奏のおかげで合唱も何割増しか上手に聞こえた。続く伴奏なしのアカペラの間に城崎は姿を消していた。一階のトップ佐藤部長代理と二階のトップ副島准教授も招待された。病棟係を除いてほぼ全員が会に参加したのはここ数年なかったことだった。自分が潰《つぶ》そうと思っていた会だから、副島は出席するつもりはなかったが、救命救急センターの佐藤も出席すると聞いて気が変わった。

看護師聖歌隊の歌声は高く澄んでいた。それが何になるのか、と副島は寂寞《せきばく》とした気持ちになる。曲を歌い終えると聖歌隊のリーダーを務める如月翔子が一歩前に出た。

「本日は、多くの患者さんと病棟スタッフにご参加いただきありがとうございました。引き続き新企画のスペシャルイベントがありますのでおつきあいください。ではみなさん、これより三階にご案内します。先導役の看護師について行ってください」

「三階？　オレンジ新棟は二階建てでしょう？」

副島の言葉に、如月翔子はにっこり笑う。

「実は開かずの間の三階があるんです。そこで本日スペシャル・ショーを行ないます」

居眠りをしていた佐藤も目を開けた。隣に座る副島准教授に言う。

「こんなシークレット・パーティは初めてですね。せっかくですから行きましょうよ」

佐藤に誘われ副島もその気になった。患児は、自分で歩ける小学生以上の子どもが参加する。幼稚園児以下の子どもも二名入院していたが、クリスマスからお正月まで自宅で過ごすため帰宅しており、小学生の患児五名に中学生の亮を加えた六名が建物の外に出、非常階段を上り三階に向かった。

その後に看護師、最後に副島と佐藤の二人が続く。歩きながら副島が佐藤に尋ねる。

「救急病棟にサクラテレビの取材が入ったそうですね。オンエアはいつですか」

「あれはキャンセルしました」と佐藤はあっさり答える。

「どうして？　何か嫌な目にあったんですか？」

「逆です。ちょっとかっこよすぎたもので……」

「かっこよすぎたらダメなんですか？　滅多にないテレビ番組ですもの、多少は持ち上げられてもいいじゃないですか」

「私もそう思ったんですが、でもあまりにもかっこよすぎると実態とかけ離れてしまいます。我々救急医はぎりぎりで踏みとどまっています。だから機嫌良くできないことも、患者に反感を持たれることもある。そんな場面を全部カットして放映されるのはなんか違うと思ったもので」

佐藤の言葉の意味を考えながら扉を通り抜けた副島は、目の前の光景に目を見張る。

中央の機械の周りに、円形に椅子が用意されていた。

「ほう、プラネタリウムですか。ツァイスの一号機かな」

意外な博学ぶりを披露した佐藤は、片隅の椅子に座ると天井を見上げた。

亮に付き添い、最後に部屋に入った翔子の言葉が聞こえてくる。

「亮君、あなたの願い通り、南十字星を見せてあげる」

村本亮は部屋に入ったとたん、信じられないといった表情で深く息を吐いた。

城崎は部屋の隅に陣取ってごそごそし、投映機の傍にはサングラスを掛けた、大人びた少年が座っていた。観客が着席すると翔子がマイクを持つ。

「本日はこのオレンジ新棟の完成時から置かれていたプラネタリウムのお披露目です。この日のため、便利屋さんが活躍してくれました。みなさん、盛大な拍手をお願いします」

部屋の隅でごそごそ何か調整中だった城崎は、立ち上がると優雅にお辞儀をした。ドームの天井に拍手の音がぶつかって跳ね返る。

「ではしばし、夜空の夢をお楽しみください」

灯《あか》りが落ちドームの天井に壮麗な星空が出現した。パイプオルガンの賛美歌が流れる。投映機の傍に座る少年が朗読する声が響いた。

「冬、天空にオリオンの三つ星が輝き、北斗七星の柄杓《ひしゃく》が天の川の水をすくい上げています」

少年は星空を見上げず淡々と朗読を続けた。ＢＧＭに合わせるように語っている。天空の星を見ながら、副島は考える。自分が空を見上げようが見上げまいが、そこには星が存在している。それは自分の行為と同じではないだろうか。

天空の星はめぐり、朝を迎えた。声のトーンが変わる。

「日本では夜が明けました。その頃、地球の裏側では夕陽が沈み、夜を迎えています。それではこのプラネタリウム投映機の故郷、南米の空をごらんください」

星座の名前が読み上げられる。それは単なる光点の集まりで、端《はた》で見ている者にはなじみの薄いものばかりだ。やがて少年の声が告げる。

「南半球を代表する星座、南十字星が昇りました。オーストラリアやニュージーランドの国旗に使われています。アクルックス（α星）とミモザというふたつの一等星、ガクルックス（γ星）と呼ばれる二等星、そしてデクルックス（δ星）と呼ばれる四番目の星が見えます」

円蓋《えんがい》の星が一斉に回転を始める。回転に加え前後左右の動きが重なる。

「再び私たちが日本から見る星空に戻ります。どれほど天空の回転速度があがってもただ一点、不動の星があります。ご存じポーラースター、北極星です。天の北極近くに位置することでそう呼ばれますが、地球の歳差運動で地軸が変化し、一万二千年後には北極星でなくなります。それでも我々にとって、その星は永遠に北極星であり続けるのです」

亮はその星影を見つめる。隣に座った翔子は暗がりの中、彼の横顔を凝視した。

荘厳なパイプオルガンがやみ、場内が明るくなる。オレンジ新棟のドームの内側の天空に映し出された星は消えた。翔子は、マイクを持って立ち上がる。

「本日はオレンジ・プラネタリウム上映会にご来場いただき誠にありがとうございました。これにて上映会を終了いたします。来年のご来場をお待ち申し上げております」

その言葉に、万雷の拍手が送られた。

6

参加者が部屋を出て行く。もう少しここにいたいと亮が言う。

「じゃあ下で待っているね」

翔子は言い残して部屋を出た。その後には天井を見つめ続けている亮と、サングラスを掛けた朗読係の少年が残った。

「どうだった、サザンクロスは」

亮は一瞬黙り込む。天井を見上げていたが、やがて答える。

「感動しました。でもなぜみんな、こんな無理をしてまで、僕の願いを叶《かな》えてくれたんだろう」

「たまたま運がよかったんだよ」

少年はそう言うと、ぼそりとつけ加える。

「お前は手術を受けたくないって駄々をこねているんだって？」

亮は驚いて、改めて少年を見た。

「何でそんなことを知っているんですか」

少年は、ふふ、と小さく笑った。そして言う。

「俺はお前の先輩なんだ。俺も一年前、お前みたいに駄々をこねてた」

「先輩として、腰抜けの後輩にお説教をしよう、というわけですか」

「そんなつもりはない。手術したくなければしなければいい。お前の人生なんだから、他人の言うことなんて聞かなくてもいいんだよ」

亮は意外そうな表情で言った。

「そんな風に言われるなんて思いませんでした。説教されるのかと思いました」

「俺もいろいろあったんだよ。お節介な看護師が絶対に手術を受けなさいって、あんまりしつこく言うもんだから仕方なく受けた。おまけに俺を尊敬していたガキんちょのお手本にならなければいけなくなったという事情もあった」

「それで、今は手術を受けてよかったと思っていますか？」

亮の問いに、その少年は小首を傾げて、言う。

「正直、五分五分かな。あの時死んでしまえばラクだったと思うこともある。でもそんな風に思えるのも今生きているからだ。自分は自分のためだけに存在しているわけじゃない。お前の存在は他人のためでもある。たとえばお前の願い事のおかげで今日は大勢の人が、生まれて初めて南十字星を見た。それはお前がいなかったら絶対に起こらなかったことだ。それだけでもお前が生きている意味はあるんじゃないかな」

亮は少年の言葉に考え込む。そして言う。

「南十字星の四番目の星、情けないデルタ星にも意味はあるんですか」

「もちろんだ。どんなに暗くてもそこにあることが大切なんだよ。その星がなければ南十字星も消滅してしまう。でもそれは星自身には何の意味もない。お前がそこにいれば星座ができるかもしれない。でもそれは自分にはわからない。お前の意味は周りの人間が決めることだ。お前にできるのは置かれた場所で精一杯輝き続けることだけだ。もし、お前が光るのをやめたならその時は、人々は別の星を見つけ出して、そこに新たな星座を描くだけだ」

亮はその言葉に打たれたように目を見開いた。

少年は続けた。

「天文マニアなら知っているだろ。恒星にも寿命があり、太陽が消滅すれば地球上の俺たちはひとたまりもないってことを。俺たちの人生ってヤツは、ほんの短い時間の輝きにすぎないから、その間にどうしようが、宇宙からみれば何も違わない。だから好きにすればいいんだ」

亮は吐息をついた。そして言う。

「素敵な朗読をありがとうございました。先輩はこの後、どうなさるんですか」

少年はサングラスの奥から亮を見つめて答える。

「俺はもう少しここに残る。後片付けも仕事だからな」

亮はうなずいて立ち上がる。

「先輩も、南十字星を見られて嬉《うれ》しかったですか」

少年は少し考えてから、小さくうなずいた。

亮はそれを見届けると、オレンジ新棟三階を出て行った。


非常階段の下では、翔子が両肘《りょうひじ》を抱いて震えながら立っていた。

「あの朗読係の子と話をしてたの？」

亮がうなずくと、翔子は続けた。

「あの子は、一年前にここで手術をした、あなたの先輩よ」

「そのことは聞いたよ。先輩にも南十字星を見てもらえて嬉しかったな」

翔子はじっと亮を見つめた。そして吐息をついた。

「そう、あの子、自分の病気のことは言わなかったのね」

「先輩は何の手術をしたの？」

「レティノブラストーマ、網膜芽《もうまくが》細胞腫《さいぼうしゅ》という先天性の癌よ。手術で両目を摘出しているの」

亮は思わず三階を見上げた。

「それじゃあ先輩は南十字星を見ていなかったの？」

「あの子もあなたみたいに手術を拒否していた。酷《ひど》い家庭で人生にも絶望してた。あたしの友人の看護師が彼に一生懸命手術を勧めたの。今のあたしが亮君に手術を勧めたみたいにね。それでも彼は首を縦に振らなかったわ」

「じゃあなぜ、手術を受けたの？」

「お友達の女の子が亡くなった時、彼女の気持ちを受け継いだから。彼女は生きたいと思った。あの子を慕う、同じ病気の後輩もいてやっぱりその子も手術をイヤがった。でもあの子はその少年に生きてもらいたいと思ったから、その坊やのお手本になるために手術を受けたの」

　翔子は空を見上げて、指差した。

「その時あの子はその子のポーラースターになった。亮君も、きっと誰かのポーラースターになれる。だってあなたのおかげで、あたしも今日生まれて初めて南十字星を見ることができたんだもの。このあたしが亮君に感謝してるのよ。それってすごくない？　だって今のあたしにとって、亮君はあの星みたいな存在になったんだからね」

　亮は、翔子が指差した天空を見た。

　それは北極星じゃなくて北斗七星のしっぽなんだけど、と言うのはやめた。

　少年のサングラスの奥の目に、サザンクロスの輝きは届かなかった。それでもあの先輩は星が見られて嬉しかった、と言ってくれた。

こんな僕でも生きている価値があるのかもしれない。

そしてそれは僕が抱える恐怖よりも、ずっと大切なことなのかもしれない。

一度、手術について話を聞いてみよう、と亮は思った。

*

亮が翔子と、本物の星空を見上げながら病棟に戻ろうとしていたその頃。

オレンジ新棟の側にある自家発電の変電所で、送電線を三階から病棟の一、二階にスイッチするために変圧器を取り外している城崎の隣に立ち、白鳥が興味深そうに手際を見つめていた。

「何でも屋のあんたが本気になったら病院のひとつやふたつ、簡単に潰《つぶ》せそうだなあ。これはテロ対策として議題に挙げておかないといけないかもしれないな」

城崎は作業の手を止め、白鳥を睨《にら》んだ。

「テロなんて面倒なことを、この俺がやるわけないだろう。それに俺がせっせと電源を切ったとしても、非常用電源が作動するんだから、そんなことを考えるだけ無駄だ。そんなことより、今回の非常用電源の使用はどうやって正当化したんだよ」

すると白鳥はへらりと笑った。

「ちょろいもんさ。僕は今、テロや緊急災害への対策を練る委員会にも顔出ししているんだけど、そこで非常用電源の年一回の動作確認を義務づける法律を通そうと考えていたんだ。ちょうどそこに高階センセからの無理難題のお願いがあったからピッタシカンカンの飛んで火に入る夏の虫ってヤツで、テストケースとして年度末に余りそうな予算消化に使わせてもらったんだ。たぶん今年度中に立案して制度化されるはずだから、来年のクリスマスにはその予算を堂々と使えると思うよ」

「この、悪党め」と城崎は小声で吐き捨てる。

そして取り外した変圧器を運び出すと、車のトランクに放り込んだ。

「天は二物を与えずとはよく言ったもんだ。ほんとにムカつくヤツなのに、やることなすこと抜け目ないんだから、大したもんだよ」

額の汗を拳《こぶし》で拭《ぬぐ》った城崎は、ぎょっとした顔をして言う。

「ちょっと待てよ。ということはコイツは来年も必要になるってことか」

すると隣で鼻歌を歌っていた白鳥は、そのメロディに乗せるように言った。

「♪　そう、その通り、それって当たり前じゃーん　♪」

城崎は吐息をついた。

「やれやれ、とんだ災難だぜ」

「何言っているんだよ。来年の受注が確実なんだから、喜ばしいことだろ」

「ところがあんたの相棒の田口先生は無料お試しサービス券をあと四枚も持っているんだ。ということは今後四年はただ働きをさせられるってことだ」

「それはお気の毒に。でもそんなに心配しなくていいかもよ。来年までこのオレンジ新棟が存続しているかどうか、わからないもの」

白鳥がぽつんと言った言葉に城崎は絶句して、夜空を見上げた。

オレンジ新棟のドームがぼう、と光り、その天蓋《てんがい》に真冬の星座が燦然《さんぜん》と輝いていた。

黎明

2012年　春

1

坂道をゆっくりと登る。

年を取ると、昔はできたことが、ひとつ、またひとつ、手のひらから砂がこぼれ落ちるようにできなくなる。それは人生という砂時計の残り時間のようでもあった。

この坂を登る時、悔恨に囚《とら》われる。呪文《じゅもん》のように同じことを胸の内で繰り返す。

あの時、ひと言、医者に行っておけ、と言っていたら。

もちろんあの時期にそんなことをしたら、会社は潰れていた。千草《ちぐさ》の頑張りのおかげで当座をしのげたのだ。だがすべては空しい。結局、会社は一年延命して、畳んだ。

取引先に迷惑を掛けずに店仕舞いできたのはよかったが、四十年近く連れ添った妻のいのちと引き替えにしてまですることだっただろうか。

正直、取引先に迷惑を掛けても千草が助かった方がよかった。

世の中で起こることにはプラスとマイナスがあって、最後にゼロになって釣り合う。

章雄《あきお》はそう信じて生きてきた。その場では損に思えるようなことも引き受けてきたのは、そんな想いがあったからだ。

なのに人生が峠を越え、下り坂になり始めた、そんな時にこんな目に遭うなんて。

章雄は坂の上に聳《そび》え立つ白い巨塔を見て吐息をつく。あの塔の天辺《てんぺん》で、千草は待っている。両手で抱えた荷物を持つ手に力が湧いてくる。

そうだ、これは戦いなのだ。

一週間前。

千草が膵臓《すいぞう》癌だとわかった。

検査を担当した内科医は、シャウカステンに並べたＣＴやＭＲＩの写真を指差しながら、千草の病状について説明し、最後に申し訳なさそうな口調で言う。

「ステージⅣというのは、全身に癌が転移した状態です。先ほど手術についてご質問がありましたが、今の状況では手術は逆に寿命を縮めるだけですのでお勧めしません。後は奥さまの一日一日を大切にするように過ごされることを提案します。今なら当院のホスピス棟をご紹介することはできますが」

いきなりそんな宣告をされ、章雄の頭の中は真っ白になった。だが意外にも千草は動揺もせず内科医の提案を受け入れた。それがせめてもの救いだった。

担当医はほっとした表情で、ホスピス外来の場所を教えてくれたのだった。

「何だか、妙な場所にあるのね」

千草が言う。外来で渡された案内図通りに歩いた章雄は、その言葉に同意する。同じ一階なのに内科外来から中央ホールに引き返し二階に上り、内科外来の真上を通ってつきあたりの非常階段を下りるという遠回り。章雄は呆《あき》れ声で言う。

「設計ミスやな。大学病院みたいな施設でこんなことが起こるなんて信じられへん」

「これが仕事相手だったら、あなたは食ってかかったわね」

千草は微笑し、章雄は苦笑した。小さなリフォーム会社をやってきて身につけた習性はなかなか抜けない。だがこの遠回りは悪い感じはしなかった。

今は急いだところで何も変わらない。むしろムダに思える遠回りがしっくり馴染《なじ》む気がした。外付けの階段を下り、一階の隅にある部屋に着く。引き戸を開けるとまた扉が現れたので、ノックをして部屋に入った。暖かい空気が章雄の身体を包んだ。

千草が、くん、と鼻を鳴らした。

「いい香り。珈琲《コーヒー》の香りに、さくらの香りが混じっているわ」

無骨な章雄に、千草はいつもこんな風に、身の回りの季節を教えてくれた。

秋はきんもくせいの香り。初夏はくちなしの香り。そして春はさくらの香り。

だが、もうそんな風に教えてもらうことはできなくなる。胸が潰《つぶ》れそうだ。

小さな机に椅子が四つ、二脚ずつ向かい合わせに置いてある。街角に置き忘れられた喫茶店みたいだ。そんな印象を抱いたのは、壁紙が暖色系のセンスのいいものだったり、カーテンの柄が落ち着いた花模様だったりと、病院らしからぬ内装のせいかもしれない。部屋の雰囲気は、千草が選ぶ内装にどことなく似ていた。

白衣姿の中年の医師が椅子を勧め、「珈琲はいかがですか」と訊《たず》ねた。

喫茶店じゃないんだ、と抗議しかけた章雄の隣で千草が「うれしい。お願いします」と言ったのには少し驚いた。こういう時千草は章雄の答えを待って、「主人と同じでお願いします」と答えるのが常だったからだ。

珈琲をひと口含むと、残酷な告知に動揺した章雄の気持ちも少し落ち着いた。すると目の前の白衣姿の担当医が、なぜか喫茶店のマスターに見えてきた。

マスター、ではなく、外来担当医は田口と名乗った。

「一応、私が主治医になりますが、私は不定愁訴外来という部署の責任者で、患者さんの悩みに耳を傾けるのが仕事です。一年前、ホスピス棟を立ちあげた当初、主治医は患者さんそれぞれの紹介医でした。でもそれだと入所の際に一貫した対応が取れなくなるので、入所時の受け入れの外来を無理やり押しつけられたんです。そういうわけで実は私はホスピス業務に就いて三ヵ月の新米なんです」

「先生は、ホスピスの専門医ではないのですか」と千草の声が沈んだ。

「違いますが、フロアではホスピス専門の看護師長が対応しますのでご心配なく。日本のホスピスの草分け、黎明《れいめい》病院に勤めていた師長です。私も微力ながらお手伝いしますので、聞きたいことがあれば遠慮なくお訊ねください」

千草はすぐに細かいことを具体的に訊ね始めた。

体調がよければ自宅に帰れますか。食べたいものを食べられますか。散歩をしていいですか。

千草の質問に、主治医は穏やかな微笑を浮かべ、答える。

帰れます。食べてもいいです。散歩は気晴らしになるのでできるだけしてください。

ひと通りのやり取りが終わると、千草は改めて主治医の田口医師を見た。

「何だか、手の施しようがないからご自由に、と言われているみたいですね」

田口医師は一瞬、困ったような顔になるが、すぐに首を振る。現代医学は、と言いかけて田口医師は言葉を切る。それからちらりと章雄を見て、続ける。

「現代医学は西洋医学に基づいて診断、治療し、科学的データを蓄積し統計学的に処理して次の人の治療に役立てます。ですが統計には揺れがあります。中には推測がはずれ、長く生きる人もいます。どうしてそうなるのかはわかっていません。でも患者さんを多く見ていると、そうなる人たちにはある傾向があります。そういうみなさんは自分の好きなことに没頭している方が多いようです。ですので先ほど私は、自由に自分のなさりたいことをしてください、と申し上げたのです」

うまい言い方をするもんだ、と章雄は感心する。千草の疑念と田口医師の言葉の中身は大して違わないのに、受ける印象は正反対に感じた。田口医師は千草とのやり取りの間に章雄にも水を向けたので、去年畳んだ会社のことをかなり喋《しゃべ》った。

　千草は黙って夫の話を聞いていたが、困ったように、隣の章雄に小声で言った。

「どうしよう。私、何かをしたいという気持ちが薄いから……」

知り合った頃から従順で、欲を持っていないようだった。だから章雄は千草を振り回した。千草はどんな無茶にも困ったような微笑を浮かべて従った。服従ではない。花びらが花芯《かしん》を包み込むように章雄を受け入れているという感じが近いだろう。千草は小船で章雄はわがままな船長か。だが千草という船が沈みゆく今、船長は何もできない無力な存在だと思い知らされるのは何とも切ない。

視線で会話を交わすふたりの様子を見て、田口医師が言う。

「今後どうするかはゆっくり考えるとして、とりあえず試し入所されてみてはいかがでしょう。合わなかったら退所なさればいいだけですから」

　どうしよう、と千草が視線で訊ねる。

　章雄にとってマスター、ではなくてドクター田口の提案は天から降りてきた蜘蛛《くも》の糸のように思われた。章雄は千草の肩に手を置いて、言う。

「とりあえず、入所します」

宣言した章雄はほっとした。死期の迫った妻とふたりきりで、小さな家で過ごすのは気詰まりだと感じていたのだ、と気づく。

入院案内の書かれた紙を手渡され、千草が言う。

「章雄さんはこういうのは苦手でしょう。私が使うものだから自分で買いに行くわ」

「そらあかん。お前は病人やからおとなしく寝とれ」と章雄は首を振る。

ふたりのやり取りを聞いていた田口医師が言う。

「リストにあげた品は病院の売店で揃いますから、ご主人だけでも大丈夫です。それよりまずフロアを見学なさってください。今、師長を呼びますので」

田口医師が内線電話を掛けると五分後、黒沼《くろぬま》と名乗る看護師長が、能のワキのように、緩やかな所作で姿を現した。章雄の耳に、鼓の音が聞こえた気がした。

2

黒沼師長は五十代くらいか。もう少し若いかもしれないし、もっと年配だといっても通るが、看護師にも定年があるはずだからたぶん上ではない。

正直、章雄には女性の年齢はわからなかった。妻の千草が年齢より若々しいせいかもしれない。加えて師長の表情が能面のようなせいもある。もともと能面は演じ方により様々な年代に見えるよう作られたものだから、当然かもしれない。

本館一階の西端の小部屋から外に出て、外付けの階段で二階に上る。診察室は一階なのにここから同じ建物の一階の他の場所に直接たどり着けないことを改めて確認した章雄は、これはリフォームの範疇《はんちゅう》外だと思い、何でも仕事に結びつけてしまう自分に苦笑する。会社を畳んだ今はもう、そんなことを考えても意味がないのに。

外に出た章雄と千草の間を、春風が吹き抜けていく。今年最後になるかもしれない、さくらの花びらがひとひら、千草の髪にふりかかる。

それをつまんだ章雄の指先を見て、千草はぽつんと言う。

「来年のさくらは、見ることができないかもしれないわね」

「何ちゅうことを言うんや。現代医学で手の施しようがないゆうたかて、道はある。これから俺がいろいろ調べて、やれることを一コずつ試していくからな」

先を歩いていた黒沼師長が立ち止まる。だが振り返らずに歩き出す。

まるで、余計なことは言わずに黙ってついてきなさい、とでも言うように。

章雄と千草は、黒沼師長の後を追う。千草は横を歩く章雄に微笑する。

「無理しないでね。章雄さんはすぐムキになるんだから」

確かにそうかもしれない。でも今回はムキになって当然だろう。

そんな反論は口にしなかった。ここは我を張るところではないことくらい、還暦を過ぎてなお、社員にヤンチャ坊主と渾名《あだな》されていた章雄にだってわかることだった。

外付けの階段から外来棟に戻ると、二階の中央ホールでエレベーターに乗り込む。気詰まりな沈黙に耐えかねた章雄は「ホスピス棟は何階ですか」と訊ねてみる。

「十二階です」

初めて耳にした黒沼師長の声は高く金属的で、耳障りだった。

「そこ、最上階なんでっか？」

「違います。最上階はレストランです」

何とか話を続けようとした努力を素っ気なくあしらわれ、章雄はその意欲を失う。だが幸い、ちん、という音がしてエレベーターの扉が開いた。

普通の病棟ではエレベーターや階段の昇降口の前にナースステーションがある。だがこの病棟は様子が違う。エレベーターホール前のスペースは絨毯《じゅうたん》敷きで、四隅にソファがある。床には座布団のようなビーズ・ソファがあちこちに置かれている。壁の側の小さな本棚は本がまばらで隙間が多く、本の半分は倒れていた。

白髪の老婦人がソファに座り文庫本を読んでいた。章雄と千草を見て会釈する。薄紫の着物をゆったりと着こなした、上品な婦人だ。付き添いか、先輩患者だろうか。

落ち着いたたたずまいを見て、千草もこんな風になるのかもしれない、と思い、少しほっとした。

黒沼師長は、ホールで所在なげに窓の外を眺めていた白衣の女性に声を掛ける。

「若月《わかつき》さん、新しいお客さまをお部屋にお連れして。私はご主人とお話があるので、談話室にいます」

白衣姿の眼鏡を掛けた女性がうなずいた。胸の名札に若月奈緒《なお》とある。二十代くらい、ひょっとしたら新人かもしれないな、と章雄は思った。

章雄はフロア北側の小部屋に通された。大きな窓があり桜宮《さくらのみや》市街が眼下に広がる。その先に海が見える。壁に面し事務机がふたつと書棚がひとつ。部屋の中央に無造作に置かれた小さなテーブルを挟んで向かい合わせでソファがふたつ、ある。

窓が見える方のソファを勧められ、腰を下ろすと視界から海が消え、代わりに空が見えた。黒沼師長は章雄の正面に座る。背筋を伸ばし両手を膝《ひざ》の上に置いた様は端然としていて、氷原に舞い降りた一羽の鶴のようだ。

清潔だが寒々として、見る人の心を凍らせてしまいそうだ。

話があると言って連れてきたのに、黒沼師長は口を開かない。

圧迫感を覚えた章雄は、無理に話題を探す。

「贅沢《ぜいたく》な造りでんなあ。看護師さんの詰め所に見えまへんわ。以前は違《ちご》うた用途やったん違いますか？　私は昨年までリフォーム会社をやっとりましたんで、ついついそういうところに目が行ってまうんですわ。まあ一種の職業病ですわ。会社といっても私と家内の他に社員がひとりの三人の小所帯で、昨年畳んでしもたんですけどね」

黒沼師長は表情を変えずにうなずく。

「長年、社長をされていたら、そうした習慣は一朝一夕には抜けないものです」

やっと口を開いた黒沼師長の言葉を聞いた章雄は、それはプラスの意味か、それともマイナスの印象なのか、しばし悩んだ。会話と呼ぶには無機的すぎる反応に、章雄は木枯らしに吹かれている心持ちがした。

高く金属的な声音が、そうした印象に一層拍車を掛けている。さっきの主治医の田口医師と話をした時は、そんな感じはしなかった。低く、落ち着いた声は温かみがあり、春の日だまりの中にいるようだった。聞き上手なのか、何でも受け入れてくれ、大きな胸に抱かれているような感じがした。

目の前の黒沼師長とは対照的だ。アンバランスな組み合わせの担当医と師長だな、と思う。そんな章雄の気持ちを察したわけでもないだろうが、黒沼師長が口を開く。

「この部屋は昔、ＶＩＰの特別室で『ドア・トゥ・ヘブン』、天国への扉と呼ばれていました。昨年、新病院ビルがオープンし多くの病棟はそちらに移り、この旧病院にはいろいろな施設が新たに作られました。そのひとつがこのホスピス棟です。かつて天国への扉と呼ばれていた場所が、やっとその名に相応《ふさわ》しい場所になったのです」

最初に章雄がした質問に対する答えだ、と最後まで聞いて気がついた。理知的な説明だがタイミングがずれていて会話というよりも儀礼的な解説のようだ。語調が無機的なので、耳を傾けていると深い沼の底にいるように息苦しくなる。

黒沼師長が自分を凝視していることに気がついた章雄は、背筋が寒くなる。

この女性は自分に反感を抱いている気がする。章雄の直感は正しかった。

「先ほど奥さまと話されていた時に少々気になったことがございましたので、このフロアの方針をご理解いただきたいと思いましてお越し願ったのです」

「はあ、どないなことでしょう」

「奥さまに、これからいろいろ調べて、できることは全部やってあげたい、というようなことをおっしゃっていましたね」

「アイツには苦労を掛け通しやったんで、せめてそれくらいしてやりたいんです」

黒沼師長は、洞穴のように暗い目を章雄に向けて、小声で言った。

「そういうことは、ここではやめてほしいのです。ホスピスというのは、静かに死を迎える覚悟を作るところです。生半可な希望は毒になります」

章雄はまじまじと黒沼師長を見た。

その日は、家の庭にある井戸のように黒く深く、その底は見通せなかった。章雄を見送った不安げな千草の表情を思い出しながら、行きはふたりで登ってきた坂道を、ひとりで下りていく。

子どもがいればよかった、と思う。そうすれば慰めになっただろう。

勤めていた工務店を辞め、リフォーム会社を立ちあげたのは三十二歳の時だ。子宝に恵まれなかった章雄は仕事にのめり込み、千草はそんな章雄に従った。いけいけどんどんのバブル絶頂期は終わり、高級マンションの建築ラッシュも終焉《しゅうえん》を迎えたが、リフォーム業界は活況だった。日曜も休まず、馬車馬のように働いた。

章雄と、前の会社を辞めてついてきた七歳下の部下と千草の三人の小所帯だった。

室内の改装などの小口の仕事が主だ。千草の役割は経理と内装の素材選びで、章雄と社員が実働部隊と営業を担当した。期日を守り価格を安く抑えたので評判はよかった。加えて千草のデザインセンスは絶妙で、カーテンや壁紙のチョイスが絶大な支持を得て口コミで顧客が増えた。だが建築ラッシュ時代のマンションが老朽化してくると、小規模なリフォームは減り、内装をとっぱらって新築同様にするリノベーションが流行《はや》り、受注が落ち込んだ。千草の頑張りで持ちこたえたが昨年、たったひとりの社員の母親が倒れ、介護のため辞めたので、それを潮に会社も畳んだのだった。

子のない章雄と千草にとって、会社が子どもだった。だから会社を畳むということは、子どもが親より先に夭逝《ようせい》したようなものだ。

ふたりの間に空疎な時間がぽっかり残った。仕事がなくなると章雄は話すことがなくなった。千草は会社を畳んだ後も淡々と日常の家事をこなし、ようやくその静謐《せいひつ》な空気に章雄が慣れてきた矢先のある日、千草が病魔に倒れたのだった。

3

入所の翌日。午後の面会時間にホスピス棟に行った。

頼まれた文庫本を二冊渡す。牧水《ぼくすい》の歌集とリルケの詩集だ。二人の作家に共通点はなさそうに思えたので、なぜその二冊ばかり繰り返し読むのかと以前訊《たず》ねたら、どちらの詩人も言葉を惜しむように大切に使うから、という答えだった。

それは千草の、内装に対する姿勢と似ている気がした。

お気に入りの本を手にした千草は、疲れたような表情で、ありがとう、と言った。

たった一晩、離れて過ごしただけなのに、千草の様子はがらりと変わっていた。

膵臓《すいぞう》癌の末期と告げられた時もここまで憔悴《しょうすい》した感じはなかったのに、今は目の光が失《う》せ、こころここにあらず、という感じがした。

「なんや、元気がないな」

「当たり前でしょう。末期癌なんですもの」

投げやりな言い方は、これまでの千草にはなかった。章雄は驚いて言う。

「どないしたんや。何かあったんか？」

千草は首を振る。章雄は更に訊ねる。

「あの師長に、何か言われたんか？」

千草はしばらくためらってから、小さくうなずく。

「最先端の医学でも治療の術《すべ》はないのだから、希望を持たないように、ゴールまで一緒に完走しましょう、って」

ゴールって……。言いかけて、章雄は口を噤《つぐ》む。千草が更に言う。

「でもそう言われて、それが今の私の状態なんだって納得したの」

「それだけやないやろ。他に何を言われたんや？」

「治療法はないから、いろいろ試すのは、医療資源の無駄遣いになるって言われたわ。穴の開いたバケツに水を注ぐようなものだって。人は誰でも最後にたどり着く場所は一緒で、その流れには誰も逆らえないなんて、言われてみればその通りだわ。今まで死なずに済んだ人はいないんだから」

「だからって、何もそんな言い方をせんでも……」

「私は納得したの。いくらいいことを言われても、癌の末期であることは変わらないんだもの。それなら厳しいことでもきちんと言われた方が、まだ救いがあるわ」

「お前はそれでええんか？」

「いいも悪いも仕方ないじゃない。希望はなくなったけれど気持ちは楽になったわ」

でも、こんなに暗い表情になるのだから、千草は自分の気持ちを偽っているように思えた。ふたりが話しているところに、昨日ホールで行き合った小柄な老婦人が来た。千草が会釈をすると、老婦人も会釈を返しホールから出て行った。千草が言う。

「黒沼師長のお話を聞いた時、山岡《やまおか》さんも側にいらしていろいろお話をしてくれたの。あの方は子宮癌で、ここができたときからずっといるんですって」

章雄は、エレベーターに乗り込んだ女性を眺めた。白髪の老婦人と一瞬、目が合う。居心地が悪くなった章雄は、よいしょ、と声を上げて、ソファから立ち上がる。

「ほな、俺は帰るわ。他に何かほしいもんあるか？」

「ううん、なにも」と言って、千草は首を振る。

「じゃあ、明日《あした》、また来る」と言い残しホールを立ち去った。

自分の背中に、千草の視線が注がれているのを感じた。

エレベーターの扉が開くと、一階の外来受付には人が大勢、行き交っている。

外来のアナウンスがエントランスホールに響く。その声に従い誰かが立ち上がる。

この人たちはみんな病人なんだ、と思うと章雄は目眩《めまい》がした。この人たちは病気だ。

だが千草とは違う。みな、治る希望を持っている。この人たちは絶望と希望の狭間《はざま》にいる。病気の程度によってどちらかに片寄っているだけだ。病気が重ければ絶望の淵《ふち》を覗《のぞ》き込んで怖《お》じ気《け》づき、軽ければ希望の小径《こみち》を軽やかに通り過ぎる。

そんな風に絶望と希望の間でバランスを取っている。

人間は、ヤジロベエのようなものかもしれない。では、千草は？

片方の重りを失ったヤジロベエは転がり落ちるだけだ。

希望を失うということが、これほど辛《つら》いことだということを章雄は初めて知った。

そして黒沼師長の、冷たく突き放すような言葉を恨んだ。

真っ直ぐ帰る気にならなかった。千草がいない部屋は寒々としている。

斜陽の中、章雄は駐車場の側の中庭で立ち止まる。さくらの花が散り、葉ざくらになる前の、寒々とした枝振りの間に青空のかけらが見えた。

留袖《とめそで》姿の老婦人がベンチに座っていた。灰色のショールを羽織り、柔らかい陽射しの中、文庫本を読んでいる。写実主義の画家が描いた一枚の絵のようだ。

会釈をして通り過ぎた章雄は、思い直して振り返る。

「差し支えなければ、少しお話しさせてもろてもええですか」

じっと章雄を見つめた老婦人は、やがて小さな声で「ええ」、と答えた。

ペンキの剥《は》げた木製のベンチに座る老婦人は、章雄が座る場所を空けた。章雄は反対の端に座る。気詰まりな沈黙は受け止めかねた。知らない人に声を掛けるのはどういうこともなかったが、営業という目的があったからできたのだと章雄は実感した。

この重苦しさはどこかで感じたことがあると思ったら、黒沼師長と面談した時と雰囲気が似ているのだと気がついた。

「あの、私は工《く》藤《どう》いいます。家内が昨日、いろいろお世話になったそうですね。家内は膵臓癌の末期と言われて、こちらに来たんですが、あんたさんは長いんでっか？」

無理にひねり出した質問にたくさん地雷があったことに、口にしてから気がつく。ホスピス棟に入り、希望を持つな、と指導する看護師長の下で生活しているのだから、そんな状況を根掘り葉掘り聞かれたくはないに決まっている。少なくとも世間話のように話すべきではなかった。けれども老婦人は、素直に応じてくれた。

「山岡と申します。子宮癌でここの開所時からいますので、入所して一年になります」

「ずいぶん長いんですね。あの、子宮癌って大変なんでしょうね。男なんでようわからなくて……」

山岡はふっと笑う。

「癌はみんな大変ですけど、消化器系の癌より元気ですね。食事が摂《と》れなくはなりませんから。人間、食べて寝れば結構元気なんです。私は癌が見つかってずいぶん経ちました。癌は自分の身体の一部がやんちゃして、命令に逆らい自分だけ増えようとするものですから、栄養配分をうまくやってやれば共存はできるんです」

千草の膵臓癌は消化器系だからやがて食事が摂れなくなり憔悴していくのか、と暗い気持ちになる。

「どうしてあのフロアには、他に入院患者さんがいないんですか？」

「開所当初は満床で十名が入所していたんですが、今は私だけです。ホスピス棟は波があって、いなくなる時は一気にいなくなります。しばらくガラガラでしたけど昨日奥さまが入所されふたりになりました。これからまた増えていく気がします」

「師長さんは家内を『お客さま』と呼んでましたけど、患者と呼ばないんですか」

「ホスピス棟では医療はしないので患者ではない、というのが黒沼師長さんのお考えです。本人に確かめたわけではありませんが」

「昨日師長さんに、治療法を探すのは止めてくださいと言われたんですが、どない思います？　丸山《まるやま》ワクチンとかアガリクスとかサメ軟骨とか、できる限りのことをしてやりたいと思ってたんで、出端《でばな》を挫《くじ》かれたんですけど」

章雄が身を乗り出し、そう言うと、そんな章雄の目を見つめて、山岡は言った。

「止めた方がいいと思います。民間療法は、治らない患者の家族に一縷《いちる》の望みを抱かせ、毒にも薬にもならないものを押しつけ、お金をむしり取るのが目的だからです」

「でも、ひょっとして治るかもしれへんでしょ。現にそうした症例もあるみたいやし」

「奇跡のように癌が消えた症例もあります。でもそれはもともと癌でなかったんじゃないか、というのが医学界の通説です」

「ずいぶんお詳しいんですな」

「餅《もち》は餅屋、実は私、内科医でしたの」と言って山岡は小さく吐息をついた。

章雄は驚いて老婦人を見た。気がつくと章雄の身体は前のめりになっていた。

「お医者さまなら聞きたいことがあります。大切な家族をできるだけ長生きさせたい、と思うのがあかんやなんて、おかしい思いませんか？」

山岡はしばらく考え込んでいたが、やがて口を開く。

「その質問は、子宮癌の末期の医師の私が、黒沼師長の指示に従っていること自体が答えになっていると思います。私は内科医として大勢患者さんを見送りました。若い頃は何とかしたいと思い、がむしゃらに動いて軋轢《あつれき》を起こしました。怠慢な上司に嚙《か》みついたこともあります。でも結局、やる気のない上司と熱意のある私とで何も違わなかった。仕方ないですよね。人は必ず死ぬんですから。今はあの時の上司の気持ちがわかるようになりました。あれは一種の諦念《ていねん》だったんです」

「それでも俺は、いや、私は、アイツのために何かしてやりたいんです」

達観した言葉に触れて、章雄の中ではふつふつと燃えたぎり始めるものがあった。

「ふつうの方は死と遭遇する機会が少ないからそう思うんでしょうが、たくさんの死を見ていると、死の前では何をしてもムダだと身に染みます。医療は治る人の治療に専念すべきです。でもそれは医療を施す側の論理であって、必ずしも正解というわけではないんですけど……」

「必ずしも正解でないのなら、俺がアイツに何かしてやりたいという気持ちも、必ずしも間違うてへんのですよね」

章雄の言葉が熱を帯びてくる。黒沼師長にはこんな言葉はぶつけられなかった。

黒沼師長は、ホスピス棟を包み込む大気のようなものだ。空気に逆らう術《すべ》はない。

だが目の前の山岡は壁だ。リフォーム業者にとって壁は絶対的なものではない。

必要なら壊して如何様《いかよう》にもできる。

「それなら若月さんに相談してみたらいかがかしら。彼女は黒沼師長にはよからぬことを考えているみたいですから、力になってくれるかもしれません。でも気をつけてください。上司の方針に逆らう部下というレッテルを貼られたら彼女のキャリアに傷がつきますから」

そう言って山岡は立ち上がる。

「こんな風に誰かとお話をしたのは本当に久しぶり。疲れたので戻ります。私は黒沼師長と同じ考えなの。ただ、それが絶対に正しいとは思わないけど」

章雄は山岡の和装の後ろ姿をぼんやり見送った。傍らを春風が一陣吹きすぎていく。西の空には、去りゆく冬の星座、オリオンの三つ星が瞬《またた》き始めていた。


章雄はその足でホスピス棟に戻った。フロアで込み入った話をするのは難しいから、他の場所でじっくり若月看護師と話したかった。だからできれば今日中に約束だけは取り付けておきたい。忘れ物の振りをしてホスピス棟に戻った章雄は、病室で千草とひと言ふた言交わしホールを出た。せっかちな章雄は、気になることがあればフットワーク軽く動くことをよく知る千草は、不自然に思わなかったようだ。

立ち去り際、黒沼師長が山岡と立ち話をしている横を通り過ぎ、廊下にいた若月看護師に歩み寄るとさりげなくメモを手渡した。

さっと目を通した若月看護師は、一瞬章雄を見つめたが、すぐにうなずく。

「日勤は午後五時に終わりますから、五時半なら大丈夫です」

「病人のことでご相談したいのでお時間をください。ご都合がつけば仕事を終えられた頃、中庭でお待ちしています」という章雄の走り書きのメモに対する答えだった。

時計の針は午後五時の少し前を指している。

少し時間があるので一階上にある病院のレストランでも覗《のぞ》いてみるか、と考えた章雄は、エレベーターをやめて非常階段に向かった。

4

夕方五時前の最上階レストラン『満天《まんてん》』は、人影もまばらだった。

自動販売機で缶コーヒーを買った章雄は窓際の特等席、六人掛けのテーブルに陣取る。そういえば昨日は家で珈琲《コーヒー》を飲まなかった。何も言わなくても珈琲を淹《い》れてくれる千草がいないので、飲まなくなったのだ。

桜宮湾を遠望すると、水銀のようなベタ凪《なぎ》の海原の上を、春の日が傾いていく。

時計の針が五時を指す。十分過ぎたら中庭に向かおう、と考え珈琲を飲み干そうとした時、レストランの入口で、白衣姿の女性が店内を見回しているのが見えた。

若月看護師は章雄の姿を認め会釈した。店に入るとセルフサービスの棚から紙パックの野菜ジュースとサンドイッチを取り、会計を済ませ、章雄が座る窓際のテーブルにきて、真向かいに座った。

「どうして、ここが？」と章雄が質問すると、若月看護師は微笑する。

「お帰りの時、非常階段の方に行きましたよね。十二階から一階まで階段で下りるのは不自然なので、『満天』に行かれたかな、と思ったんです。だから中庭に行く前に覗いてみたらビンゴでした。でもよかった。お話しするなら中庭よりレストランの方がいいです。お腹ぺこぺこなので、食べながらお話を伺ってもいいですか？」

もちろんです、と章雄はうなずく。向かい合うと、地味だと思った若月看護師は意外に美人だった。戸惑った章雄は照れを隠し話しかける。

「いきなりお誘いして驚かれたらどないしようと思うていたんで、ほっとしました」

タマゴサンドにかぶりつきながら、若月看護師は首を振る。

「ご心配なく。山岡さんから、工藤さんがお話があるみたい、と言われましたから。でもまさか今日とは。工藤さんてせっかちさんなんですね」

話を聞いて章雄は驚く。さっき四方《よも》山《やま》話をしたばかりなのに、フロアに戻ってすぐ伝えてくれるなんて、並の担当医よりも素早い対応、さすが元内科医だ。

「山岡さんはホスピスの担当医だったそうです。外来担当の田口先生はフロアの責任者ですけどお忙しくてなかなか顔を出してくれません。なので山岡さんが補助的に患者さんに説明してあげてました。田口先生の助手みたいです。といっても田口先生は手を抜いているわけではなく、現場を任せられる人にはお任せするというお考えで、呼べば飛んで来ます。今はベテラン患者の山岡さんを除けば昨日入院した工藤さんだけだから、とりあえず黒沼師長にお任せしているんだと思います」

なるほど、と章雄は呟《つぶや》く。ここで感じた違和感の原因が少しわかった気がした。

若月看護師は、ぽつぽつと語り始めた。

「一年半前、新病院が完成し、診療科が引っ越しました。がらんどうになった旧病院に一年前、ホスピス棟が新設され、ホスピスの草分け、黎明病院の黒沼師長がヘッドハンティングされたんです。いろいろな診療科から患者が送られてきましたが、開所後しばらくは師長が担当の先生方と連絡を取り、切り盛りしていました。でもいろいろ弊害が出て来たので三ヵ月前、田口先生がホスピス棟の責任者に推挙され、お引き受けになったそうです。あたしも田口先生と同時期に転属したんです」

「ホスピス棟は最初の一年は、黒沼師長さんがひとりで対応してはったんですか？」

「そうです。あんな風に何もしないという方針だから可能だったんでしょう」

「いろいろな弊害が出たから田口先生が起用されたとおっしゃいましたが、その弊害ちうのは、どないなもんやったんですか」

不躾《ぶしつけ》な質問に思われたが、切実な問題だった。大切な千草の入院先の評判でもあるのだから。若月看護師はあっさり答える。

「半年前は満床でしたが、入所者の半数が次々に亡くなり、残りの方も山岡さんを除き、みな退所してしまったんです。気にした院長が保身を兼ねて田口先生を起用したというウワサです。田口先生は昔、今のホスピス棟のフロアにあったＶＩＰ部屋と深い関わりがあったので、あながち唐突で無謀な抜擢《ばってき》でもなかったようです」

「ＶＩＰ部屋は『ドア・トゥ・ヘブン』と呼ばれていたとか」

「そうですけど、そんな場所をホスピスにするなんて無神経ですよね」

「そうですかね。『ドア・トゥ・ヘル（地獄への扉）』なら悪趣味やとは思いますが」

章雄の言葉に、若月看護師はくすくす笑う。

「工藤さんはツイてます。田口先生の業務は不定愁訴外来といって患者の悩み事に耳を傾ける部署で通称・愚痴外来って呼ばれています。それってホスピスと親和性が高そうに思えませんか？　それにもともと神経内科病棟で田口先生の縄張りだったんです。長期入院しているお年寄りが多く、先生は患者さんの声によく耳を傾けたので慕われていました。ホスピス棟はホームグラウンドみたいな感じだそうです」

そんな会話をしていて、気がつくと夕焼けが窓の外の空に広がっていた。

窓の外をちらちら見ている章雄に、若月看護師は、はっと我に返る。

「いけない。あたしばっかり話をしてしまったわ。工藤さんのご相談を伺いましょう」

「私は家内にできる限り治療をしてやりたいんです。でもフロアの方針に反するからやめてほしい、と師長さんに言われました。山岡さんに、若月さんに相談することを勧められたので、すぐ引き返し先ほどのメモをお渡ししたんです」

「ふうん、なんであたしなんかに相談かなと思いましたけど、山岡さんの推薦だったんですね。それでしたら喜んで協力させていただきます」

「山岡さんには、相談したことは内緒にしないと若月さんの看護師としてのキャリアに傷がつくかもしれへん、と注意されたんやが、看護師になりたての新人さんなのに、そないあっさり、こんな妙な依頼を引き受けてしまっても大丈夫なんでっか？」

おそるおそる訊《たず》ねた章雄の言葉に、若月看護師は、大笑いを始めた。

「新人？　あたしが？　こう見えてもあたしは三十超えのアラサーの中堅ですよ」

章雄は笑い転げる若月看護師を眺めた。黒沼師長といい若月看護師といい、女性の年齢はわからないものだ。笑いすぎて涙ぐんだ若月看護師は、目頭の涙を拭《ぬぐ》う。

「ごめんなさい。笑いすぎたわ。でもご心配なく。あたしはそれなりのキャリアを積んでいますから万が一、師長にバレて飛ばされても大丈夫。それよりもあたしが何でこんなに工藤さんに前のめりで協力するのか、その理由を知りたくありませんか？」

そう言った若月看護師は窓の外に視線を転じ、やがてある一点を指差した。

「あの岬の突端に白く光る塔が見えますけど、何かご存じですか？」

章雄は塔を見つけたが、知らなかったので首を振る。

「未来医学探究センターという関連施設です。五年ほど前にあそこの碧翠院という病院が火災で燃え、跡地にＡｉセンターという、お亡くなりになった人の画像診断をする施設ができました。でも三年前にそこも爆発して、今の施設ができたんです」

「少し前に法医学の研究施設があったんは、どこぞで聞いた覚えがありまっけど」

「法医学の研究所ではなく、医療現場で死因究明をする画像診断施設です。そのＡｉセンターが今どうなっているのかは知りませんが」

　そういえばその爆発事件は新聞記事で読んだ記憶がある。でもそれが千草の治療とどう関係するのだろう。章雄の疑問を読み取ったかのように、若月看護師は言う。

「碧翠院では末期患者に生きがいを持たせる終末医療で、延命効果もあったそうです」

「末期癌患者に生きがいを持たせる医療、ですって？　それってここのホスピスとは真逆やないですか。その碧翠院とかいう病院のやり方こそ、私が探し求めているものです。一体、どないな仕組みやったんですか？」

「患者さんに病院仕事の手伝いをしてもらったんです。元気な患者さんが他の患者の面倒をみていました。そこで過ごした患者さんは幸せそうに旅立っていきました」

「病院は五年前になくなったのに、なんでそないに詳しいんでっか？」

　若月看護師は低い声で言った。

「入院していたあたしのばあちゃんが、とてもよくしてもらったんです。そんな素晴らしい病院を東城大の腹黒ダヌキの院長が潰《つぶ》したんです。だから仕返しで、東城大の医療より碧翠院の医療の方が素晴らしかったことを、敵地で証明したいんです」

そんな思惑があったのか、と納得する。でもその感情は後ろ向きのものではなく、患者には新たな選択肢になる。多様な選択肢の中から好きなものを選べるオーダーメイドはリフォームでも最高の贅沢《ぜいたく》だ。そうした精神は医療でも同じはずだ。

「わかりました。私はこれからどないしたらいいんでしょう」

何もせず希望を断ち切る、という現在のホスピス棟の方針に抗《あらが》えるなら何でもいい。地獄に天から救いの糸が降りてきたら、それを摑《つか》むのは自然の感情だ。

「お薦めの粉薬があります。それを溶かす専用の水を手配してお宅に送りますので、荷物が届いたら病室に持ってきてください」

「その水を直接病室に送ってもらうわけにはいかへんのですか？」

「そんなことをしたら師長に見つかってしまいます。でもご家族の持ち込みには緩いんです。お酒を持ち込んでも文句は言われません。なのであなたに運んでもらうのがベストです。あたしが粉薬をお渡ししますので、朝昼晩一日三回その水に溶かして飲んでください」

「それは民間療法ですよね。師長さんに見つかったらそれこそアウトでしょう」

「昔から服用していた漢方薬と言ってごまかしてください。あのフロアでは治療は容認しませんが基本、入所者さんのやりたいことは認めていますから、治療薬でなければ黒沼師長も禁止しません」

「わかりました。ところでその粉薬と水の費用はおいくらでっか？」

章雄はおそるおそる訊ねる。この流れはどうみても末期癌患者を食い物にする悪徳民間療法の業者の手法だ。若月看護師は章雄を見つめていたが、やがて言う。

「値段はあってないようなものなので無料でもいいんですが、すると胡散臭《うさんくさ》く見えるので、原価に加えて開発費や送料を含め一ヵ月五万円くらいでいかがですか」

安くはないが、他にやれることがないのだから高いとは思わなかった。なるほど、こうやって少しずつ追加費用を請求し、最後は丸裸にされてしまうわけか、と章雄は冷静に商売人として考えた。だが若月看護師が、値段についてあけすけに話したので信頼した。値切り交渉の余地があると感じたことで、章雄は話を信用した。

レストランに看護師の集団が入ってきた。若月看護師は空の紙パックを握り潰す。

「日勤と夜勤の申し送りが終わったので、これから混みます。今日は失礼します。今から手配すれば明日《あした》の朝にはお水がお宅に届きますので、奥さまの部屋に持ってきてください。そうしたら病室で粉薬をお渡しします」

若月看護師は立ち上がり、足早に立ち去った。

すらりとした若い看護師の後ろ姿を見送った章雄は、窓の外に視線を転じた。

あたりは夕闇に包まれ、街の灯が点《つ》き始める。遠く水平線に目を遣《や》ると、漁《いさ》り火が見えた。海に突き出た岬の突端に白銀の塔がナイフのように刺さっている。

章雄には、笑いさざめく看護師たちのとりとめのない会話が、遠い世界から聞こえてくるように感じられた。

5

翌日の午前中、自宅に段ボール箱が二つ届いた。大型のペットボトルが六本ずつ、計一ダース。ペットボトルは五リットル入りだ。一本五キロだからかなり重く、章雄はとりあえず一本だけ持っていくことにした。

章雄が面会に行くと、千草は個室で若月看護師と談笑していた。部屋に入った章雄は部屋の隅にバッグを置き、中から五リットルのペットボトルを取り出した。

若月看護師は、白衣のポケットから紙袋を取り出し章雄に手渡す。パラフィン紙の薬包は、昔の粉薬のようにひとつひとつ三角に折ってある。

「舐《な》めてみてください。薬ではないので問題ありません」

一瞬躊躇《ちゅうちょ》した章雄は、千草の視線に促されて一包開けて舐めてみた。

「キナコみたいやな。ちょっとぴりぴりするけど」

「この水と一緒に飲むんです。それと今、奥さまにも申し上げましたが、過度の期待は持たないでください」

「そこは黒沼師長と同じやね」と章雄が皮肉めかして言う。

「仕方ないでしょう。治る可能性が低いんですから」

そんなことを病人の前で言うのはいかがかと思ったが、千草は屈託なく言う。

「そうよ。ダメモトの治療ですもの。ね、若月さん？」

若月看護師の説明に千草も納得したようだ。若月看護師が言う。

「師長に見つかったら、家で飲んでいた漢方薬で水は自宅の井戸水です、と言ってください。他に何か疑問があったらいつでも聞いてくださいね」

そう言い残し、若月看護師は部屋を出て行った。部屋には章雄と千草が残された。

午後の陽射しの中、章雄が運び込んだペットボトルの水がきらきら光った。

それからしばらく平穏な日々が続いた。章雄は五リットルのペットボトルを一本ずつ運び入れ、十日目には千草の病室に水入りのペットボトルが十本並んだ。かなり目立つのでベッドの下に隠しておいたのだが、ついに黒沼師長に見つかってしまった。

その日、千草の病室に入ると黒沼師長がいた。黒沼師長は教師に、そして千草は叱られている生徒みたいに見えた。

「工藤さん、入所した時にははっきり申し上げましたよね。このフロアでは治療は一切しません、と。なのに、これは一体何ですか？」

黒沼師長はポケットから薬包を取り出し、開いた。中には黄色い粉があった。

「それは千草が昔から飲んでいる漢方薬で……」と章雄はしどろもどろで口ごもる。

「ウソです。確認しますのでどこの薬局で購入したか、教えてください。それからベッドの下にあるペットボトルは何ですの？」

「家の井戸から汲《く》んできた水です。家内が飲みつけているものです」

実際に家では庭の井戸水を飲んでいたから、自信を持って答える。

「工藤さん、私は無理を押しつけるつもりはありません。奥さまの気持ちを安らかにしてさしあげたいだけです。おふたりが私に内緒で怪しげな民間療法をやるなんて、がっかりしました。お約束ですのでこの薬は没収します」

「殺生な。ここ数日、家内の調子はよくなってます。どうか続けさせてください」

「それなら、この薬をどこで手に入れたか、教えてください」

「それは……」と章雄が視線を左右に泳がせると、個室の扉が開いた。

「すみません。おふたりにその薬を勧めたのはあたしです」

部屋に駆け込んできた若月看護師が言う。黒沼師長は片眉《かたまゆ》を上げ、部下を見た。

「そんなことだろうと思ったわ。あなたも師長である私の方針に逆らったわけね」

「すみません。工藤さんのご主人に、どうしても何かしたいと相談されたもので」

「それならあなたは患者に相談されたら毒薬でも調合するのかしら」

「酷《ひど》いすり替えです。師長の方針に逆らったことは申し訳ないとは思いますが、末期癌患者に対する姿勢として、必ずしもそれは正解ではないと思います」

黒沼師長は目を閉じた。そして静かな声で言う。

「そうかもしれないわ。でもそういう考えは他の病院でやって」

「どうしてここでやってはいけないんですか」

「方針がブレて、結果的に他の入所者さんに迷惑を掛けることになるからです」

章雄は思わず口を開く。

「家内以外、このフロアにいるのは山岡さんだけです。あの人は黒沼師長さんの方針に全面的に賛同しているから、揺らがへん。つまり今は悪影響を受ける他の患者さんなんておらへんのやから、家内に薬を飲ましてもええやないですか」

黒沼師長は黙り込む。確かにこれなら、他の人への影響はほとんどないと言える。

「あなた方ご夫妻のお気持ちはわかりました。でもフロアの方針は変わりません。そこまでしてその粉薬を飲みたいなら、ここを退所してください」

章雄はぐっと詰まる。そのやり取りを眺めていた千草が言う。

「勝手なことをしてすみませんでした。粉薬はやめますのでここに居させてください」

千草のしん、とした眼差《まなざ》しに、黒沼師長は動揺した口調で言う。

「約束してくだされば結構です。今お持ちのお薬は全部渡していただきますが」

千草は引き出しから薬包を取り出し、黒沼師長に手渡す。師長は薬包の数を数えてポケットにしまう。立ち去ろうとした黒沼師長の背に千草が声を掛ける。

「あの、家の井戸水は飲んでも構いませんか？」

「それはお好きにどうぞ」と黒沼師長は振り返らずに答える。

黒沼師長が姿を消すと、章雄は椅子にへたり込む。そして若月看護師に頭を下げる。

「結局、ご迷惑を掛けてしまいました。申し訳ありません」

すると若月看護師は千草と顔を見合わせ、ふふ、と笑う。

「ご心配なく。これで第二関門突破です。実は粉薬はキナコと山椒《さんしょう》を混ぜたダミーで、本命は水です。ダミーが見つかった時の対応は奥さまにお伝えしておいたんです」

若月看護師は、ペットボトルからコップに水を注ぎ、章雄に差し出した。

「ひと口、飲んでみてください。お味はいかがですか？」

章雄は口に含み、ワインのように転がして、ごくりと飲み干す。

「いかが、と言われても……。美味《おい》しいとは思いますが、特別な感じはしません」

「その通り、これには微細な水素の粒子であるナノバブルが溶けています。ナノはミリメートルの千分の一のマイクロメートル、いわゆるミクロンの千分の一です。そのレベルでは気体粒子が水と同じレベルになり水中を漂います。その水には治療効果が認められるんです。糖尿病も改善するし、足が腐る壊疽《えそ》という状態も改善したという報告があります。何よりも癌病巣の縮小効果があると言われているんです」

「うわあ、万能薬じゃないですか。そういえば昔水素水というのが流行《はや》った時期がありましたけど、お仲間ですか？」

「原理は同じですが水素水はいい加減な上にすごい薬効を謳《うた》ったため、厚労省の指導を受け衰退しました。ナノバブル水は薬効申請しません。桜宮の発明家の平沼《ひらぬま》社長は、人助けで金儲《かねもう》けはしたくないと言いまして、この低価格でご提供できるんです」

「そんなにすごいなら、いずれ医療薬として申請するつもりなんでしょう？」

「申請はしません。認可担当の厚労省所管の外郭団体の国際薬事審議会（ＩＭＤＡ）では、やれ危険性がないと証明しろ、治療効果の根拠を示せ、治験しろ、と口やかましいので、平沼博士と相談し、すっ飛ばしたんです。この水で病気に苦しんでいる人たちを助けたいというのが平沼社長とあたしの共通した気持ちなんです」

「それは有難いですね。ところでこの件は外来の田口先生はご存じなんですか？」

「まだお伝えしていません。田口先生はいい先生だけど頼りにならないんです。ここで実験的な治療をするなんて知ったら、黒沼師長は猛反対し田口先生も日和《ひよ》りそうです。でもホスピス棟の末期患者は手の施しようがないと諦《あきら》めている人たちで、そういう人にこの水を飲んでもらい効果があればめっけもの、お互いウィンウィンでしょう。あたしは工藤さんみたいな患者さんが入所してくるのを待っていたんです」

あっけらかんとしたもの言いに、章雄は怒る気にもならない。若月看護師は隠し事をせず、ありていに教えてくれるので、むしろ親切かもしれない。

「おまけにこれは基礎データになります。普通の薬だと人体治験の前に安全性検査とかが必要なんですけど、これは健康人も飲める水だから毒性チェックは必要ありません。患者の同意も簡単に取れる。でも厚労省を通すと話がこんがらがるんです」

「わかります。大好きだった牛肉のレバ刺しが厚労省の号令で潰《つぶ》されてしまった時、お役所の杓子《しゃくし》定規ぶりに腹が立ちました。食中毒で死人を出した焼き肉チェーン店は問題ですが、すべての焼き肉店で生食を禁止するなんて食文化の破壊ですわ。最近は厳格な基準もうやむやになりつつあるようで、秘《ひそ》かにほっとしてまっけど」

「うーん、それとこれは違う気もしますけど、根っこは同じなのかな。こうした前提条件がわかっても、この試みは続けますか？」

「もちろんです。だってダメモトですから」と千草は笑う。

「それなら田口先生にお願いして三ヵ月に一度、画像診断をしてもらいます。画像で治療効果を確認したいんです」

「もちろんＯＫです。というか、是非そうしてほしいです」

章雄が即答した。その言葉は、絶望の海に沈んだ末期癌患者と家族の頭上に、輝く希望の星になった。こうして千草は「治療のようなもの」を隠密裏《おんみつり》に継続した。

6

一ヵ月後。千草が快方に向かっているように見えたのは欲目かもしれない。だが少なくとも悪化する速度が落ちたのは間違いない。癌末期は悪循環で、すべてが坂道を転げ落ちるように一気に悪化すると聞いていたので、これはナノバブル水が効いているとしか考えられない。そんなある日、突然呼び出された章雄は、東城大前の坂道を登り旧病院の麓《ふもと》に到着すると、真っ直ぐホスピス棟に向かった。

エレベーターの扉が開きホールが見えた途端、章雄は身を硬くした。

そこにはホスピス棟の関係者が勢揃いしていた。外来担当の田口医師の姿をこのフロアで見たのは初めてだ。隣に黒沼師長が佇《たたず》み、ソファには千草と、少し離れて山岡が座っている。その後ろに若月看護師がうなだれていた。

章雄は掠《かす》れ声で「どうしたんですか」と訊《たず》ねるのが精一杯だ。心臓の鼓動が速まる。

「奥さんのご希望で画像診断をしようとしたら、黒沼師長のご提案でご家族のお話を伺おうということになり、お呼びしたのです」と田口が言う。

「画像診断を受けることは問題なんですやろか？」と章雄は素知らぬ振りで訊ねた。

すると黒沼師長は能面のような表情を変えずに言う。

「ここでは画像診断の必要はありません。入所の際、ここでは一切の希望を捨てていただく、と申し上げましたし、その後も何度か確認したはずです」

「でも、もし病状が好転しているとわかれば、本人の励みになりまへんやろか」

「何もしていないのに、病状がよくなるとお思いですか？」

章雄は若月看護師の顔を見た。若月看護師は章雄と目が合った後、顔を伏せた。

「本当はあの水が治療薬だったのだそうですね。どうして検査をしたくなったのか、奥さまを問い詰めたら白状なさったわ。あなたたちご夫婦は不実にも私を騙《だま》した上、約束を違《たが》えられたので退所していただきます。それと若月さん、あなたには勤務から外れてもらいます」と黒沼師長が言う。

それを聞いた千草は「そんなことは……」と絶句する。田口が言う。

「師長さんとの約束を破ったことは問題ですが、退所までしなくてもよろしいのでは」

「ダメです。ここのルールは、私の判断を尊重していただく、という約束を院長先生と交わしたのです。田口先生が外来担当ですが、フロアの決定権は私にあります」

田口はじっと黒沼師長の顔を見つめたが、やがてにこりと笑う。

「私は師長さんの判断に従います。でも画像診断くらいはしてもいいのでは？」

「ダメです。そんなことをしたら、お客さまがいらぬ希望を持ちかねません」

田口は困惑したような微笑を浮かべる。章雄は田口を見た。看護師に言い負かされるなんて、人当たりがいいだけのボンクラだ。章雄が気色ばんで言う。

「いらぬ希望だなんて、酷《ひど》い言い草や。癌患者が希望を持ったらあかんのですか」

「現代医療で治る患者さんは希望を持つべきですが、治療困難な患者さんはきっぱりと諦めて、新たなステージに入るべきです」と黒沼師長は無機質な声で応じる。

「それは患者が選択することや」

「ここはそういう所ではありません。ここの方針が合わないようでしたら退所され、ご希望通り対応してくれる病院をお探しください。現にあなた方ご夫妻がやっていることは、ここで心穏やかに過ごしておられた方の平穏を乱しているのですよ」

章雄は白髪の老婦人を見た。和服姿の山岡はうなずき、よく通る声で言った。

「ご主人の熱意にほだされ心にもない提案をしてしまったことを、悔やんでいます」

章雄はうつむく。もうここにいられない。だがやり取りを聞いた田口が口を開く。

「私はホスピス棟担当医として入所者の病状確認のため画像診断をオーダーします」

「一体何の権限があって……」と口を開いた黒沼師長に田口が言う。

「たった今申し上げた通り、担当医としての権限です」

「それは院長先生から私に、フロアのことは一任すると言われたことに反します」

「ですが私もホスピス棟の担当医に任命された時に院長の言質《げんち》を頂戴《ちょうだい》しています。もし入所者のための判断が師長と異なったら医師の判断を優先させてもよい、とね」

「院長が、裏でそんな約束をしていたなんて……酷い二枚舌だわ」

「あの人は腹黒ダヌキと呼ばれていますからねえ。でもそれは二枚舌ではなく、誰にでもいい顔をして自分はいい人でいたがっているだけなんですけど」

「わかりました。では工藤さんの画像診断を実施することは容認します」

田口は黒沼師長を見つめた。それからおもむろに口を開く。

「師長は私の言葉を聞いていなかったようですね。私は、ここの入所者に画像診断を実施すると決定しました。ここの入所者は工藤さんだけですか？」

黒沼師長ははっとした表情で山岡を見た。和装の山岡は微笑した。

「私は画像診断を希望しません。黒沼師長さんの方針に従います」

「そうはいかないんですよ、山岡さん。これは担当医の決定ですから。実は私はリスクマネジメント委員会の委員長という重苦しい肩書きも持っていまして。ホスピス棟には問題がありそうだ、という告発を受け極秘に調査していたんです」

「リスクマネジメント委員会は、院内の問題点を改善するのが目的だと聞いています。なぜそれが私の診断と関係するのですか」

医師だけあって山岡の質問は的確だ。田口は微笑する。

「院内リスクマネジメントの業務にはコンプライアンスの観点から、病棟の不正を調査する業務もあります。たとえば不正入院です。病気でないのに入院していた、所謂《いわゆる》詐病はざらにあります」

黒沼師長の顔が青ざめる。田口は続けた。

「半年前、入所者の半数が亡くなり残りの方も退所された時、おかしいと感じた院長の密命で私が担当になりました。調べてみると、山岡さんは一昨年《おととし》まで黎明病院でホスピスの中の特殊病棟を担当されていたとわかり、しかもそこでの看護師長は黒沼師長だった。その後、末期の子宮癌と判明し病院を辞め、こちらに入所されました。あなたは前歴を語らなかったのでわからなかったのですが。しかし、半年も入所しているのに病状が悪化する気配がない。ひょっとしてこの方は詐病ではないかという疑念を持った。というのも、山岡さんは末期癌患者を偽装する材料は簡単に入手できる。以前勤めたホスピスの入所者の画像を転用すればいいんです」

「心穏やかに過ごしている末期癌患者に、ぶしつけな疑念をぶつけるなんて酷いわね」

山岡の口調は穏やかだが指摘の内容は辛辣《しんらつ》だ。田口は困ったような微笑を浮かべる。

「申し訳ありません。でも当院にはＥＢＭ（エビデンス・ベイスト・メディスン）、すなわち医学をベースに治療するという大方針があります。末期癌患者に対し治療を放棄するというホスピス棟の姿勢は、最初に医学的な診断があって初めて成立するものであり、単独では要件を満たしません」

「これでもし私が末期癌患者に間違いなかったら、どう責任を取るつもりですか」

「その時は謝罪します。人間は間違える生き物ですから」と田口はにっこり笑う。

「患者さんを侮辱しておいて、そんな生半可な対応で許されるとお思いなのですか」

黒沼師長の能面のような表情が揺らぎ、炎のようなオーラが立ち上る。それは黒沼師長が初めて見せた、感情的な一面だった。すかさず田口がぼそりと言う。

「おや、確かここには患者さんはいなくて、いるのはお客さまだったのでは？」

むっとした黒沼師長が何か言い返そうとした。そんな黒沼師長を、山岡が制止した。

「そこまで覚悟されているのでしたら、じたばたしてもムダね。黒沼、ここは降参しましょう。そうすれば後は田口先生がうまく処理してくれるはずよ」

田口はうなずく。そして言う。

「あなたの前歴のほか黎明病院での評判も調べました。ホスピス棟は別名『天使棟』と呼ばれ、ホスピスが長くなった患者を送り込むと一週間以内にあの世に召されたので、あなたは周りから『死の天使』と呼ばれたとか。院長の交代時に再チェックがあり、あまりに合理的すぎる運営に怖《お》じ気《け》づいた新院長に解雇されたそうですね」

「よく調べたわね。三代目のボンボンの若院長は腹が据わらず、私を怖がってたわ。こんなお婆ちゃんを天使だなんて、光栄だけど」と山岡はうっすら笑う。

「物的証拠はないのですが、山岡さんは、何らかの医療的手段を使ってそうした人たちを効率よく、この世から送り出したんですか？」

「おとなしそうな顔をして、田口先生って意外にしっかり突っ込むのね。でも、そこは釈明します。確かに私は多くの末期癌患者を黄泉《よみ》の国に送りました。でも末期癌の人を退去させるのは簡単なの。その状態が未来永劫《えいごう》続くと徹底的に理解させればおしまい。黎明方式と名付けたけど、そのやり方が若院長のお気に召さなくて突然、解雇されました。若院長はわかっていなかった。私が入所者数をコントロールしていたからホスピス棟は成り立っていたということを、ね。愚鈍な善意を振りかざした結果、私が築き上げた天使棟は半年で崩壊した。でも病院が崩壊しても世界は続いている。だから私はやらなければならないことを続けるだけ。そんな時、この病院でホスピス棟を立ちあげると聞いたので、次世代のホスピスをここで作ろうとしたの」

「それならなぜ、医師として応募しなかったのですか」

「天下の東城大は、こんなお婆ちゃんを正規雇用しないでしょう。だから一計を案じて私の分身、黒沼を送り込み、私は入所者として住み込むことにした。潜り込める目算はあった。やり方は田口先生が見抜いた通りだけど私の偽装は見抜かれなかった」

「なぜ、ホスピス棟に住み込んだんですか？」

「黎明方式は末期癌患者と生活の時空を共有しなければ成立しないの。折に触れ患者の希望を断ち切り絶望に導いていけば、あとはちょっとした言葉で調節できるわ」

「つまり非合法ではないやり方で、末期癌の人に引導を渡していたのですか」

「私は身寄りがなく、黎明病院でもホスピス棟暮らしだった。私は病んだ羊の世話をする羊飼い、黒沼は羊たちを見張るシェパード。黎明方式は閉鎖空間でのやり方なので、ここではできなかったから普遍的でゆるやかな方法を模索したんだけど、三ヵ月前、怖じ気づいた残りの入所者を退所させてしまい、お目付役の田口先生を呼び込んでしまったわけ。ねえ、これって犯罪かしら？」

「でもあなたのやったことは、モラルとして許されません」

「確かにそうかもね。でも医療資源は有限だから、治る見込みのない人は速やかに退場するしかないの。だって医療は、病人を治すのが本来の仕事ですもの」

　その冷ややかな論理に、田口は太刀打ちできずに黙り込んでしまう。

「山岡さん、あんたは末期癌患者でもないのに、患者を装って他の患者の希望を奪っていたんやな。なんで、あんたみたいな立派なお方がそないな酷いことを……」

　章雄が、怒りに燃えた口調で言うと、山岡は背筋を伸ばし、凛《りん》とした声で言う。

「それは中庭でも申し上げたわ。末期癌患者は何をしても結局ゴールを少し先延ばしするだけ。大差がないのなら、少しでも早く楽にしてあげるのが情というものよ」

「冗談言うなや。千草は生きられる。現に若月さんが紹介してくれたナノバブル水で病状はよくなったんや。そんな希望にすがって生きていくことのどこがムダなんや」

「先延ばしするだけ、という表現は不適切だったかも。ささやかな自己満足、かな。

人生の目的が自己満足の達成であるのなら、ムダではないわ。でも、うんと高い見地から長い年月を通じて見れば、結局は大同小異なんですけど」

「それなら」と、涼しい声がした。それまで黙って聞いていた千草が声を上げた。

「それなら、なぜこの人に、若月さんに相談しろなんてアドバイスしたんですか。黙っていれば私たちが若月さんを頼ることもなかったのに」

山岡は黙り込んだ。やがて静かに話し始める。

「あれは不覚だった。中庭でご主人とお話しした時、熱意に目眩《めまい》がした。目の前にいたのは、四十年前の私でもあった。今の私は、当時私が食ってかかった上司になっていた。そう思った時、私が知っていた蜘蛛《くも》の糸より細い可能性を口にしていたの」

千草は山岡を見つめて言った。

「私、山岡さんと黒沼師長さんに感謝しています。自分の姿を自覚させてくれたからです。あの水を飲んで少し体調がよくなった気がします。でも私が剣が峰を歩いている状態は変わりません。章雄さんは癌が治ると信じているけど、そんなことは絶対にない。それより希望を持たず、一日一日を純粋に生きていく方が大切です。希望という星ばかり探していたら、すぐそばで咲く花を見過ごしてしまう。私はこの水を飲み続けますが、師長さんや山岡さんに教えてもらった気持ちを抱いて生きていきます」

それから千草は章雄を見て、言った。

「私はあなたとこの先も、オリオンの三つ星を見て語り合いたいの。とりあえず、今年の冬、またオリオンが夜空に昇ってくるまでは生きていたい。そして次は、さくらの花を見るわ。なんだか私はこの頃、すごく欲深になった気がするの」

章雄は千草を抱きしめた。折れそうな細い身体には章雄を支えてきてくれた、強い一本の芯《しん》があり、章雄はそのことをこの時ほど強く感じたことはなかった。

黒沼師長の、能面のような表情が揺れた。山岡は立ち上がった。

「それじゃあ黒沼、そろそろお暇《いとま》しましょう。次はどこへ行こうかしらね」

「どこへでもお供します、先生」

ふたりは連れ立ってエレベーターホールの前を通り抜け、非常階段へ向かう。

田口が章雄と千草に向かって言う。

「さて、ちょっとごたつきましたが、腹部ＣＴと腹部ＭＲＩ、そして腹部エコーの検査予約のスケジュールを調整しましょうか」

うなずいた夫婦の後ろを、血相を変えた若月看護師が走り去っていった。

山岡と黒沼が非常階段を下りていると、勢いのある足音が追いかけてきた。見上げると白衣の裾《すそ》を翻し、若月看護師が駆け下りてくる。

若月看護師は息を切らしながら、階段の下のふたりを見下ろし言う。

「山岡先生のお考えは間違っています。末期癌患者も生き生きと過ごせる病院が昔、桜宮にはあったんです」

「あら、それって碧翠院のことかしら」と山岡は言う。

「ご存じだったんですか」と驚く若月看護師に、山岡は尋ねる。

「あなたはあの病院の関係者なの？」

「違います。ばあちゃんが入院していて、安らかに送ってもらいました」

「そうなの……。久しぶりに懐かしい名前を聞いたわ。それならいいことを教えてあげる。私は桜宮病院の院長の教え子よ。あなたがそういう子だと知っていたら、私たちはうまくやっていけたかもしれない。残念ながら手遅れだけど、あなたが目指しているものは、私たちが目指したゴールと同じだから頑張って」

「そんなことありません。あたしは患者さんに寄り添うホスピスを作り上げます」

山岡はうっすらと笑う。

「できたらいいわね。私が末期の癌患者になったらお願いしたいわ」

「もちろんです。その時はどうぞおいでください」

「ひとつ忠告しておくわ。碧翠院を目指すなんて、ここでは口にしない方がいい。あそこは東城大の天敵だから。あと一度きちんと、碧翠院で行なわれていたのがどんなことだったか、調べた方がいい。あなたが目指すのは光のホスピスなんだろうけど、それは裏打ちとなる闇がなければ存在し得ないものなの」

そう言うと山岡は再び、階段をゆっくり下り始める。そしてぽつんと言う。

「若いって、恥ずかしいほど清々《すがすが》しいものね」

山岡と黒沼師長のふたりは闇の底に消えていく。階段の上には、呆然《ぼうぜん》と下を見下ろす若月看護師が、一条の光のように取り残された。

7

「というわけで高階院長にご依頼された一件はケリがつきました」

旧病院棟三階の小部屋で田口はロマンスグレーの男性に告げた。これまでに何度こういうやり取りをしたか、数える気力もない。回転椅子を巡らし、田口と向き合った男性は首を振る。

「以前も申し上げましたが、その院長という肩書きは紛らわしいので使わないでもらえませんか。抜け殻みたいになった旧病院の責任者にすぎませんので」

「以前も申し上げましたが、現在の先生の肩書きが『院長』であることは間違いないです。病院長、とは言ってないことにご留意ください」

田口のツッコミに男性は黙り込む。確かに肩書きの略称は院長だが実質は患者がいるのはホスピス棟だけで、他は外来待合室や臨床検査室、画像診断室などの診断部門と、職員の児童の託児所があるだけだ。ホスピス棟も治療は一切しないという触れ込みの黒沼師長を登用したため、病院の体を成していない。入所者がいる唯一の施設の責任者は、施設にいるのは患者ではなくお客さまだ、と言っていたくらいだ。

そんな閑職に就いた院長は、日だまりの中で黒い回転椅子に座り、くるくる回りながら猫でも撫《な》でているのがお似合いの好々爺《こうこうや》になっていた。もちろん院長室に猫がいるはずもないが。

だが老いたりといえどもリスクマネジメントに関する嗅覚《きゅうかく》は大したものだ、と田口はしみじみと感心する。あのホスピス棟に巣くっていたのは途方もない闇だった。

そして施設の連中は誰一人、その危険に気がついていなかった。

しかし、気づかなくて当然だった。そこに潜んでいたのは闇ではあったが、悪意ではなかったのだから。

「今回の田口先生の解決法は、百点満点で五十点というところですね」

意外に点数が低いので田口は少し驚いた。リスクを事前に回避したのだから、百点とまではいかなくても、もう少し高いかと思っていたのだ。

「おや、その顔は、採点にご不満がおありのようですね」

「一応合格点だと思いますので文句はありません。でも施設のリスクを未然に回避できたので、もう少し点をくれてもいいんじゃないかなあ、なんて思ったもので」

どうせ落第も進級もないからどうでもいいんだが、と田口は心中でこそりと呟《つぶや》く。

「納得していただいていないようですので、模範解答をお示しします。まず山岡さんの不正入院は糺《ただ》すべきなので強制退院は当然の処置です。ここで五十点、半分は満点です。ただし黒沼師長まで辞職させたのは間違いです。ホスピスの領域で著名な方ですから無理にでも東城大に残留させ、活躍していただくように算段すべきでした」

そんな曲芸みたいなことができるか、と田口は心中で毒づきながら、反論した。

「でも末期癌患者に希望を持たせないなんて、東城大の医療方針と相容《あいい》れませんよね」

「それが問題になるのは黒沼師長の方針、それはつまり山岡さんの方針だったわけですが、それ一本のラインしかなかったせいです。そこにもう一本を噛《か》ませて二本のラインにすれば、完璧《かんぺき》なホスピス施設ができたはずなのです」

田口は現状を考える。

辞職した黒沼師長の後釜《あとがま》には師長代理として若月看護師が座った。若すぎるという声もあったが何しろ急な話だし、看護師部門も病棟の拡大のせいで人手不足で、新たにホスピス棟に割ける人員はいなかったので、やむをえない選択だった。

今のところ師長代理の評判は悪くない。その自信を追い風に、ナノバブル水治療を試すつもりらしい。

田口も協力を要請され、仕方なく昔の伝手《つて》をたより、厚生労働省の知り合いにそれとなくこのトライアルについて打診してみた。

技官は渋面で「いろいろ検討してみたけど、薬事法には引っかからなそうだ。何しろ相手は水だから、文句のつけようがない。でも癌に対し治療効果がある、なんて謳《うた》ったらウチの担当部署が目の色を変えてチェックするから気をつけなよ」とアドバイスしてくれた。どうやら若月看護師の考えたスキームは、治験としても有望らしい。

田口がそう報告すると、院長は息をついた。

「田口先生はお気づきになっていないようですが、東城大の仇敵《きゅうてき》にまんまと取り込まれ、その手先になってしまうなんて相変わらずですねえ」

え？　と問い返した田口には答えず、院長は淡々と続ける。

「どこまでも絡みつく因縁は仕方がないので諦《あきら》めます。でもくれぐれも気をつけてください。末期癌患者にむやみに希望を与えたら、取り返しのつかないことになります。希望を植え付けるシステムを導入したら、希望を断ち切るシステムも同時に導入すべきだったんです。つまり黒沼師長に因果を含めて仕事を続けさせ、そこに若月さんの試みを拮抗《きっこう》させ、田口先生がバランスを取る、というのが唯一の正解だったのです」

高階院長がなぜそんなことを言うのか、田口は理解できなかった。

そんな高度なことができるわけないだろう、と言い返しそうになったが止めた。きっと院長なら、やれたに違いない。

この人はいつもそうだ。自分の能力が高いから易々とできることを、誰でも当たり前にできるものだと思い込んでいる。

そんなギャップに、周囲の凡人は苦しめられてしまう。院長は淡々と続けた。

「末期癌患者の希望を断ち切るのはホスピスの世界では正しい。でもそれは時間を掛けて患者、家族に納得してもらってから始めるべきです。だがそれは途方もない時間と労力が必要になり、現実的ではないのです」

院長は言葉を切った。立ち上がり窓辺に寄ると、遠く煌《きら》めく桜宮湾を眺める。

それからほう、と吐息をつくと、続けた。

「ホスピスは経済的にペイしませんが、かつて合理的なシステムを樹立しようとした病院がありました。因縁あるその病院は私が叩《たた》き潰《つぶ》した形になりましたが、あの時に私がやったことは、果たして正しかったのかどうかと、今でも迷うことがあるんです」

院長は遠い目をして窓の外を見た。

初夏の桜宮湾に穏やかな白波が打ち寄せている。

岬の突端にある白銀の塔が、天空に突き刺さったナイフのように光った。

院長室から不定愁訴外来に戻ろうとした田口は、エレベーターホールの手前で息せき切って駆け寄ってきた若月師長代理に声を掛けられた。

「このクソ忙しい最中《さなか》に、一体どこに行ってらしたんですか？　ホスピス棟に紹介患者さんが三名もいらして、一般外来でお待ちです」

「それは大変ですね。では患者さんたちに、不定愁訴外来まで来るように伝えてください」

　若月師長代理は両手の拳《こぶし》を腰に当て、呆《あき》れ声で言う。

「あんなややこしい場所に患者さんだけで行けとおっしゃるんですか？　それは無茶ですよ。仕方がないので、あたしがご案内します。田口先生は一足先に愚痴外来でお待ちになっていてください」

　はいはい、と言って田口は、二階の廊下に向かう。

　その時の田口は、やがてこの旧病院棟全体がホスピス施設として生まれ変わり、そこから派生した大騒動に巻き込まれることになるとは、夢にも思っていなかった。

　若月師長代理の弾むような声は、新たなる災難の到来を告げていたのだった。

氷獄

2019年　春

01　正義　２０１９年４月某日　都内某所

私が貧乏くじを引き続けるような人生を歩むことは、父が私に名前を付けた時に決まっていた。

日《ひ》高《だか》正義《せいぎ》。父は何を考えていたのか。正義だなんて窮屈すぎてちっとも魅力がない。

そんな名のせいで小学校の頃から優等生を演じ、学級委員とかを引き受けさせられた。

今思い出しても、級友や先生に都合良く使われていた気がする。

自分の名前が嫌いだった。どうせなら正義より勝利の方がよかったのに、と思った。

幼くして母を亡くした私は、男手ひとつで育てられた。父は仕事と子育てを両立させていたがある日、空き巣に入られ全財産を盗まれた。悪いことは重なるもので、叔父《おじ》が事業に失敗して失踪《しっそう》し、連帯保証人の父は借金をかぶった。私が中学生の頃だ。

空き巣は半年後に捕まり、有罪になったと警察から報告があった。盗まれた財産が戻ってくれば借金も返せてやり直せる、と父は喜んだ。だがそうならなかった。犯罪者が捕まるのと盗んだものが返ってくるのは別で、取り戻したければ民事裁判に訴えるしかない。だが裁判で勝っても泥棒をやるような不届き者に資財があるはずもなく、返そうという誠意もないからムダだと忠告され、心底驚いた。盗んだものを返す義務がないのなら、窃盗で三年服役してもペイするではないか。そんな法体系が泥棒稼業を成立させているのだ、と私は思った。

この世には正義なんてない、と思い知らされた。

叔父の借金を返すため無理をした父は、私の大学合格を見届けた直後に亡くなった。天涯孤独になった私は苦学生になり、奨学金とバイトで何とか大学を卒業し大手メーカーに入社した。当時一九八五年のプラザ合意で誘導された狂瀾怒濤《きょうらんどとう》のバブル景気は、一九九〇年三月に大蔵省が通達した総量規制によって衰退しつつあったが、まだバブルは崩壊しておらず、就職戦線は売り手市場だった。入社後、二年ほど製造ラインや営業を経験した後で配属されたのは、今でいうコンプライアンス部門だった。当時そんな用語はなかったが、カスタマーのクレームを収めたりなだめたり誤魔化したりする部署で、対応は担当者の裁量に任されていた。こういうと権限がありそうに聞こえるが何のことはない、うまくやり過ごして当たり前、問題をこじらせたら担当者の責任という、やり甲斐《がい》のない業務だ。これも貧乏くじの一種だろう。

私は入れ替わりの激しい部署でうまくやっていた。普通半年も勤務すると自律神経失調症や出社拒否になるが、私は自分の名のおかげで得をした。クレーマーも私が名乗ると鼻白んだ。こういう仕事は最初の一歩が肝心で、そこで主導権が取れればラクになる。その部署には八年近く勤め、そろそろ転属が近いと言われた頃、私は致命的なドジをした。

人がいいだけの父に植え付けられた中途半端な正義感のせいで、利益第一主義の上役と衝突してしまったのだ。顧客に頭を下げるのは多少理不尽でも我慢できるが、上役の些《さ》細《さい》な不正は見過ごせなかった。どう考えても逆にすべきだった。こうしたことも自分の名前が影響していたのだろう。

私は、勤続十年の中堅になったその頃も、最後は正義が勝つなどという青臭いことを信じていた。現実は、人の防衛本能の方が社会正義より強い。そうした現実を認識したのは会社から自己都合での退職を押しつけられた後だ。

やはり、ここにも正義なんてなかった。

二〇〇三年の暮れ、十年勤めた会社を辞めた。三十三歳のクリスマス・イブは無職で過ごした。辞める寸前、会社に対し不当解雇で闘ってみようか、とちらりと考えたが、しなかった。自分自身のため権利を振りかざすのは、正義とほど遠い、と感じたからだ。加えて当時私は結婚していなかった。だから会社を辞め、身軽になるのは魅力的に見えた。父の相続を放棄したため借金は消え、酒や女にも溺《おぼ》れず業務に励んでいたので貯金もあった。

独身の身なら失業保険があれば二、三年は食いつなげる。だがその間に次の就職先を見つけないと大変だ、という危機感はさすがに持ち合わせていた。職探しをしていた私の目に飛び込んできたのが新司法試験制度の記事だ。法科大学院の卒業者の八割を司法試験に合格できるようにすべしという政府の諮問で日弁連もPRした。

これだ、と思った。

国立大の法学部を卒業した私は法学既修者で、法科大学院は二年で卒業でき法務博士という学位と司法試験の受験資格を得られる。学費は二百万掛かるが貯蓄はあるし、業務上、六法全書はあらかた理解していたので有利なスタートを切れる。何より私は勉強が得意で、特に暗記には自信があった。五年以内に三回までの受験で合格しなければ失格するというリミット、いわゆる三振ルールはプレッシャーにならず、私は司法試験に一発で合格した。

二〇〇六年司法試験の合格率は四十八パーセントでほぼ五割だった。その年に合格できたのは私にしては珍しくラッキーだった。一年間の司法修習は和光《わこう》の司法研修所で座学を行ない、司法研修所の卒業試験、所謂《いわゆる》二回試験にも悠々合格して晴れて弁護士バッジを手にした。

この試験を二回試験と呼ぶのは一回目が司法試験だからだ。試験は難しいが落第者は毎年一名とか二名しかいない。こちらは逆にプレッシャーだった。

関連試験を一発で合格できたことで、これが私の天職だと思ったし、これでツキのない人生から解放されたと舞い上がった。だがそれは三十七歳の苦労人の大いなる勘違いだった。

その後法科大学院は凋落《ちょうらく》し、司法試験の合格率が低い学校は淘汰《とうた》され、私の母校も数年後になくなった。それは国のグランドデザインが粗悪だったせいだ。弁護士を増やせというアメリカナイズされた思想にかぶれた法曹界の一派ががむしゃらに推進したおかげで、確かに弁護士は増えた。だが弁護士が扱う事件や訴訟は思うように増えず横ばい状態だった。それなら過当競争になるのは、小学生にもわかる理屈だ。こうなると国家的な資格詐欺だと思うが、誰も声を上げない。囲われた牧場に追い込まれた羊は、牧草地が貧しくても、そこで生き存《なが》らえることに必死になるだけだ。

二〇一九年、あの激動の日々から十年の歳月が流れた。

二〇一一年の東日本大震災を経て、福島では相も変わらず壊れた原発が放射能を垂れ流し、一向に問題解決の出口は見えないにも拘《かか》わらず、各地で原発は再稼働を始めている。

だが政府の誘致政策が功を奏し、来日客は増加の一途だ。

そんな中、日本国の穏健かつ人道的な象徴であり続けた名君である天皇陛下は、自国民を蔑《ないがし》ろにする政策を推進する政権が、自分を慇懃《いんぎん》無礼に利用することを拒否し、自分の治世を表す平成という元号を、自らの手で終わらせることを決意した、のかもしれない。

一九八〇年代、利益追求にかけてはダボハゼのように貪欲《どんよく》な米国が主導した新自由主義は、中南米の国々に一時の見せかけの繁栄をもたらした。だがやがて手《て》酷《ひど》い惨禍をもたらし、各国を破産に追いやることになる。

未来の利益を先食いして現在の好景気を謳歌《おうか》しようという、自己破産体質の政策を、三周遅れで採用した日本は、若者の未来の稼ぎを前借りして米国に貢ぎつつ、自分のお友だちだけに大盤振る舞いすることで、見せかけの栄華を誇っている。

来夏にはこの国の首都は、オリンピックという馬鹿騒ぎ一色に染め上げられ、それを花道に、国民の未来を食いつぶした売国奴は悠々と引退するのだろう。

この国の、未来展望のなさにはつくづく絶望してしまう。

だが、それでも私は、何とか生き延びることができた。

五十路《いそじ》の声を聞いた今、私は勤め先の弁護士事務所の代表となり、若手弁護士を二人抱えている。

私は机の袖《そで》に置かれた、ふたつの段ボール箱を眺める。

それは私が弁護士仕事を始めるにあたって対応した、ふたつの案件の関係資料だ。

ひとつは人に誇れるような弁護をした事件。もうひとつは人に言えないような弁護をした事件。このふたつの事件を経験したおかげで、私は生き延びられたのだ。

私がとったのは従来の法曹界の常識を覆す、掟破《おきてやぶ》りの手法だった。

そう聞くと人は、私が遣《や》り手だったのだな、と思うかもしれない。

だが現実は真逆で、私は他の分野から放逐された新参者だった。だからこそ法曹界の常識に囚《とら》われず、思うままに突き進み、従来の壁をぶち破ることができた。

当然、私の独力ではそんなことはできない。

私には人運があった。その人たちの言葉に耳を傾け、ハーケンを打ち込みながら未踏のルートを一歩一歩たどり、この地にたどり着いたのだ。

だが過剰な謙遜《けんそん》は物事の本質を歪《ゆが》める。私が現在の地位を築くことができたのは大勢の人たちの助力のおかげだが、自分の意志がなければ到達できなかったのも真実だ。

私は椅子に深く腰をかけ、腕組みをして目を閉じる。

そうして、ふたつの事件のきっかけになった当時の出来事を思い出す。

その物語は今から十一年前、二〇〇八年の春に幕が上がったのだった。

02 初接見

2008年4月23日(水) 東京・小菅

都心からは東京メトロ日比谷《ひびや》線が東武《とうぶ》伊勢崎《いせさき》線に接続しているので、直通で半時間。小菅《こすげ》駅は高架の上にある。階段を下りて改札を抜けると、目の前に六時間百円の貸しロッカーが、時の流れから取り残されているみたいにぽつんとある。駅前の小径《こみち》を左にしばらく歩き右折すると、道なりに細い水路があり、細長い木製の板を敷き詰めた遊歩道がある。釣り禁止、という看板が目を引く。こんな浅い水路で釣りをする物好きがいるとは思えないのだが。

遊歩道をたどると遠目にモダンな、高層の建物が見えてきた。多くの市民にとって、名前はニュースでよく聞く場所。そして滅多にお世話になることのない、いや、お世話になりたくない場所。あれが名高い東京拘置所か、と私は遠望して呟《つぶや》く。

通常の拘置所は高さ五メートルの外塀で囲まれているが、東京拘置所は外塀で覆われていない。周辺住民からの要請で威圧感を与えないよう配慮されているのだという。

工事の音がする。一部の棟に工事用のシートがかかっている。

外周の改築工事は二〇一二年の完成を目指しているという。
ついにこの仕事に就けたのだ、と思い感慨深かった。

*

三ヵ月前。弁護士資格を取り意気揚々としていた私は、たちまち厳しい現実をつきつけられた。大手弁護士事務所に応募したら色よい返事が返ってきた。面接も好感触で採用は決まったも同然と思っていたら二週間後、採用見合わせの葉書がきた。残念に思いつつ次の大手事務所に応募した。ところが今度は最初からけんもほろろの扱いだった。法科大学院を卒業しても皆が司法試験に合格できるわけではない。だから一発合格した私は高く評価されるはずだと思った。裏の事情が判明したのが、三軒目の大手事務所を受けた時だ。

その時に面接担当者が言った。

「日高さんは大手の弁護士事務所への就職を狙っておられるようだけど、無理です」

なぜですか、という当然の質問をすると、担当者は答えた。

「あなたは初めマイルド法律事務所に応募されましたね。アレがいけなかったんです」

怪《け》訝《げん》な表情をした私に、面接担当者は続けてこう言った。

「あなたは以前、お勤めの会社で上司の不正を告発して解雇されましたよね」

「解雇ではなく、自己都合による退職ですが」

「でも実質は解雇でしょう。実はそうした対応を指導した顧問弁護士事務所が、他ならぬマイルド法律事務所だったのですよ」

そう言われて唇を噛《か》んだ。迂闊《うかつ》だった。

私は会社の上層部のシステムなど、まったく理解していない若造だった。

「マイルド法律事務所が私を採用しなかった理由はわかりましたが、御社が私を採用しないのはなぜですか」

「法律事務所は持ちつ持たれつでして。業界では力があるマイルド法律事務所から、あなたは採用するな、という回状がきたんです」

愕然《がくぜん》とした。まるでヤクザの破門状ではないか。マイルド法律事務所などと名乗っているのに、やっていることはマイルドどころか、えげつない。

「実はこのことを伝えずにお引き取り願おうかとも思ったのですが、面接してあなたのような方を埋もれさせるのは惜しく、わが社では採用できませんが、あなたがムダな活動を重ねるのも気の毒だと思いまして」と言った担当者は、小声になって言う。

「今申し上げたことは口外しないでください。まあ、喋《しゃべ》ったところで何の裏付けもないので黙殺されるだけですが。そもそもこれは犯罪行為ではありませんので」

「教えてくださったことは感謝しますが、私はどうすればいいのですか？」

「大手でない弁護士事務所を探すことをお勧めします。大手の息が掛かっていなければ、あなたのような方でしたらすぐ採用されると思います」

私は立ち上がると担当者に頭を下げた。確かに私のためを思った忠告で、会社を辞めて苦労続きだった私が、久しぶりに感じた他人の善意だった。とは言うもののそれからしばらくは何もやる気にならず、家でごろごろしていた。中小の弁護士事務所なら採用してもらえると言われたが、それも難しいことは各所から聞いていた。

しばらくして私は活動を再開した。この世に正義がないなら、私だけでも正義の拠《よ》り所になってやる。名前に刻印されているのだからやるしかない、とひとりで意気込んだ。だが予想通り、中小の弁護士事務所も厳しかった。いや、むしろ規模が小さい分、もっと大変に感じられた。ウチに採用するのは難しいけれど、とりあえず国選弁護人をやってみたらどうだ、とアドバイスしてくれた先輩がいた。

私は二〇〇六年に設置された日本司法支援センター、通称「法テラス」に行った。司法制度改革の一環として成立した制度だった。

ここの役割に国選弁護人の選任手続きを行なう、というものがある。

国選弁護人とは国が弁護士費用を負担し選任する弁護人だ。死刑や無期懲役に相当する重大な犯罪の裁判では弁護人をつけることが必須《ひっす》で、勾留《こうりゅう》・起訴された人が経済的理由などで私選弁護人を呼べない場合に選任される。ただし国がやることだけあって、国選弁護費用は安く、接見費など細かく規定されているが、それだけで食っていくのは相当厳しい。

それでも何もしないよりマシなので登録に行くと受付当番の人が書類を見て言う。

「どこかの法律事務所に所属していると便利なんだけど、そのあたりはどうですか？」

私は、目の前の老境に近い当番弁護士の顔を見ていたら、気がついたら今の苦境を滔々《とうとう》と話していた。やがて、話し終えた私は、ふと我に返って謝罪する。

「すみません、初対面の方に延々と愚痴をこぼしてしまって」

「いいんですよ。私も年を取り一線から身を引いたので、ボケ防止に国選弁護を手がけよう、と考えている不埒《ふらち》なジジィですから。若い方の相談に乗れるのは嬉《うれ》しいことです。ですのでたまたま今日来た依頼を優先してあなたに回してあげましょう」

「それってルール違反なのでは？」

「そうなんですが、この事件は結構な大事《おおごと》で、国選が躊躇《ちゅうちょ》する可能性も高い案件なので、いいかな、と。本当は当番日なので私がやるべきなのですが、個人的にはどうにも乗り気になれず困っていたんです。初めての案件でやり方がわからなければ、相談に乗りますよ」と言って、当番弁護士は名刺を差し出した。

その名を見て驚いた。

当時、巷《ちまた》では『青葉《あおば》川《がわ》芋煮会集団中毒事件』の死刑囚Pが再審請求をしたことが話題になっていたが、その弁護団に名前を連ねていた先生だった。

名刺にあった、「鹿野《かの》法律事務所」は私の住まいの近くだった。

これだ。冤罪《えんざい》を救う弁護士。まさに正義の使徒の名に相応《ふさわ》しい仕事だ。そう思うといてもたってもいられなくなり、私は臆面《おくめん》もなく鹿野法律事務所に所属したいと切り出していた。鹿野先生は面食らったようだが、私がどこにも行き場がなく困り果てているとさんざん聞かされた直後だっただけに、無下に断れなくなったようだ。

「悪いことは言いませんから、もっとちゃんとした事務所を探した方がいいですよ。ウチは弱小で儲《もう》かっていません。とてもお給料を出してあげられません」

「食えないのは覚悟の上です。私はこの世に正義をもたらしたいのです」

今思い出しても、何て青臭いことを言ったのか、と汗顔の至りだ。

だが鹿野先生は、そんな私のたわ言も笑わずに聞いてくれた。

「そう言って私の事務所に来る弁護士は、年に一人はいますが、みんな半年保《も》たずに辞めていきます。弁護士は仙人ではないので、霞《かすみ》を食って生きてはいけないのです」

「でも先生は仕事を続けておられます。それなら私も生きていけるのでは？」

「私はひとり分しか稼げません。私ひとりなら何とか生き延びられますが。あなたがウチに所属したいとおっしゃるなら止めませんが面倒は見ませんよ」

「もちろんご迷惑は掛けません」

「忠告はしましたからね。それでよければ明日《あした》から来てください。登録は済ませておきます」と言って、鹿野先生は吐息をついた。

今もあの時の興奮は忘れられない。

それは不運続きだった私には珍しく、幸運の女神が微笑んだ瞬間に思われた。

鹿野先生は謙虚だった。青臭い申し出をした若者を食い物にして生きていく大御所は多いが、そうはしたくないという気持ちが端々に滲《にじ》み出ていた。私は意気揚々と事務所に勤め始めたが、一週間ですぐに見込み違いに気づいた。

事務所に依頼者がほとんど来ない。国選弁護人をメインに引き受けている様子だ。

先生から指示もない。それは最初に宣告された通りだから文句は言えない。

これならたいてい見切りをつけるだろう。おまけに鹿野先生を見ていると明らかに手抜きをしていた。なのである日思い切って指摘したら、鹿野先生はこう答えた。

「この報酬額でまともに弁護したら足が出ます。最低限の業務に徹すれば何とかやっていけます。胸は張れませんが、生きていくために割り切らざるを得ないんです」

言い訳にかちんときた。国選弁護人とは貧しく弁護士を雇えない被疑者に、国が費用を支弁して選任する弁護人だ。

国選弁護人には起訴前の被疑者国選弁護と起訴後の被告人国選弁護があるが、確かにどちらも報酬はよくない。だが貧困家庭で育った私には他人事《ひとごと》ではなかった。

「被疑者にとっては人生にかかわる重要なことです。そんないい加減に対応されては被疑者は浮かばれません」

「それは仕方がないことです。人間は平等ではありません。世の中、カネがないということは罪なのです」と鹿野先生は肩をすくめた。

「でもそれって、青葉川芋煮会集団中毒事件の冤罪弁護団と真逆の姿勢ですよね」

「あれはお付き合いで名義を貸しただけです。あの事件の弁護団にいるということで、ここを志望してくるような熱血漢には、すぐに愛想をつかされてしまうんです」

「そういう事情でしたら、この事務所代表として私が会に参加してもいいですか？」

「好きにおやりなさい。よろしければついでにこの事務所もお譲りしますよ」

さすがにその申し出は断ったが、裁量権を認めてもらえたのはありがたかった。

「ところで先週の国選弁護人の依頼の件はどうなっていますか。依頼を受けて一週間ですから、そろそろ接見に行った方がいいと思います」

うっかり失念していたが、おっしゃる通りだ。

鹿野先生は国選弁護人を引き受ける際のテクニックを伝授してくれた。一回で終われば報酬は十万円弱。四回を超えると以後四回毎に若干色がつく。期日毎に割増し加算があるので一回で止めるか、そうでないならだらだら引き延ばすのがお得で、それを最初に見極めなければならない等。

周辺テクニックから入るのは邪道だが、生きる上では本道だ。

こうして私は、弁護士初仕事として、東京拘置所に被疑者との面会に向かった。

*

小菅駅は東京拘置所の裏手にあり、そちらに職員が出入りする正門がある。

一般弁護人や親族の面会入口は小菅駅と反対側にあり、もうひとつの最寄り駅、東京メトロの綾瀬《あやせ》駅の方が近い。一般駐車場の車を横目で見ながら玄関に入る。目に飛び込んできたのは呼び出し番号を示した電光掲示板だ。一瞬、病院の受付と見《み》紛《まが》う。面会希望用紙に書き込み、受付窓口の係員に手渡し順番待ちのソファに座る。

東京拘置所は複雑な経緯を経てここにある。未決囚の拘置所だが移送前の受刑者と拘置所執行の受刑者もいる。拘置所執行受刑者は初犯で所内の雑事に対応する。安易に外部の者を入れるわけにいかないので、給食調理と営繕は受刑者が対応する。

加えてここには刑場が設置されているので、死刑囚も収監される。刑場は一般には公表していないが地下にあるらしい。

拘置所は年に一度、一般公開しようという動きもあるという。

拘置所は「治安の最後の砦《とりで》」だと司法研修所の教官が力説していた。東京拘置所は中でも最大で未決囚が千人ほど収監されている。

今日、ここから私の弁護士のキャリアが始まるのだ。これから初仕事として怪物と面会するのだと思うと武者震いがした。ソファに座り、電光掲示板を眺めながら呼び出しを待つ間、事件の概要を復習してみる。

東海地方の桜宮市の東城大学医学部付属病院で起こった心臓外科手術術中死事件、所謂《いわゆる》バチスタ事件の被疑者の弁護だ。世事に疎い私ですら事件のあらましを知っているくらい、世間の耳目を集めた大事件だ。手抜きをすると注目を浴びてしまうので、あまり「美《お》味《い》しい」案件ではない。

桜宮市で起きた事件は、普通は桜宮地検が扱う。だが霞《かすみ》が関《せき》の関係者が当初から事件に関わっていたらしく、警視庁が出張ってきた。被疑者は東京地検が取り調べ、東京拘置所に拘置されている。それだけでも異例なのに、被疑者はこれまで三人の国選弁護人を拒否している。職権による選任を被疑者が次々に拒否しているという点でも異例なことだ。私は四人目だが、むしろ興味を持った。

事件の概要を知れば知るほど、最悪の依頼人だとひしひし感じた。この被疑者には正義のかけらもない。私には弁護の価値がない被疑者に思われた。

そんな予断を持って依頼人と会うのは、弁護士失格なのだが、今回がデビュー戦だから大目にみてもらう。私にもリスクがある。司法修習の同期の連中は、最初の弁護は生涯ついて回るからリスキーな案件は断れ、と忠告してくれた。だが私は忠告を無視した。すでにどん詰まりの一歩手前で、気取ってはいられない。

正義というまっすぐな名前をつけられた私は、極度のへそ曲がりだった。

それは必然の成り行きだった。こんな濁世《じょくせ》でまっすぐ正義を貫こうと思ったら、へそ曲がりになるしかないではないか。

電光掲示板の番号が点灯した。貴重品をコインロッカーに預けて面会室に向かう。金属探知機のゲートをくぐると人気《ひとけ》のない長い廊下が続く。

エレベーターに乗り込み四階へ向かう。東京拘置所の面会室は偶数階に十室ずつある。十階建てなので五十室。加えて大型のもの、大使館の面会人のためのもの、家族との面会のため仕切りのないものなどの特別面会室を加え、合計五十七室だ。

東京拘置所の未決囚と受刑者は六割が単独房、四割が六人部屋の共同房に収監されている。私が面会する氷室《ひむろ》も、もちろん単独房だ。

病院の待合室のようにソファが置かれ、窓から外の景色が見える。周囲には高層の建物がなく見晴らしがいい。

面会に対応する係員が控えるブースの左右に、面会室の小部屋が五室ずつ並んでいる。扉の上にあるランプが点《つ》いた。

一般面会人は緑のランプ。そして赤いランプは弁護人の面会だ。

赤ランプが点いた。国選弁護人の私の面会だ。面会室に入る。二畳ほどしかない狭い部屋。透明な硝子《ガラス》板に隔てられた向こう側に同じ広さの部屋が相対している。それは同じ時空にあるのに、まったく違う世界だった。

東京拘置所に鉄格子はない。代わりに人力で破壊できない強化硝子が使われていることを、司法研修所の教官が教えてくれた。実際に目にするとどういうことのない普通の硝子に見えるが、この透明な硝子板こそが法そのものだ、などと哲学的なことを考える。唐突に水族館の大水槽を思い出し、巨大なジンベエザメが私の頭上にのし掛かってくる錯覚に襲われる。過大な水圧にも耐えられる強靭《きょうじん》さはふたつの異界の接合点にふさわしい。そう考えるとここは犯罪者という水棲《すいせい》動物を見物できる水族館に見えてきた。

ほどなく、看守に伴われ小柄な男性が姿を現した。私は立ち上がり会釈をする。

男性は目礼をして、接見台の椅子に座る。

看守が姿を消すと改めて目の前の男性を見た。白い長袖《ながそで》シャツ。白いズボン。細い眉《まゆ》。その下の細い目。薄く赤い唇は真一文字に結ばれている。

　端正に座る姿は蠟人形《ろうにんぎょう》のように生気が無い。

「鹿野法律事務所の日高正義です。あなたの国選弁護人に選任されました」

　正義という言葉に眉がぴくり、と上がる。氷室は細い目を一層細め、私を見た。

「弁護はお断りします」

「でも、国があなたを守るために選任しているわけでして」

「それは国という暴力組織が、自分のルールを押しつけようとする時に、大衆から非難されないためのエクスキューズなのでは」

　おや、と思った。体制批判の言葉が飛び出すとは予想外だった。

　しばらくして看守が入ってきた。弁護人には接見時間の制限はない。だが看守の言葉から、事前に氷室が接見時間を設定していたらしいとわかった。

　結局、結論は出なかったので、私は言った。

「また来ます。その時までに弁護方針も考えておきますので」

　氷室は立ち上がると、吐息をついた。

「お互い、ムダになるのでやめましょう。僕には保身の願望がないのです」

「あなたが弁護人を拒否するのは、犯した罪を認め刑に服する覚悟があるからですか」

　私が問うと、氷室はうっすら笑った。

「罪を認める？　僕が？　一体誰に？　何のために？」

その言葉は、襟首から入り込んだ寒風のように一瞬で私を凍えさせた。

「そうしたことも含めて、また来ます」

答えはなく、氷室は看守に伴われ、扉の向こうに姿を消した。

私はどっと疲れて、しばらく立ち上がれずにいた。

接見を終え拘置所を出ると夕方になっていた。事務所に戻る気になれず、周囲をぶらつく。昔懐かしい昭和の雰囲気が残る下町の細い路地を抜けると高い煙突が見えた。銭湯だ。吸い寄せられるように向かうと、玄関に貼り紙がしてあり、営業時間は四時半から五時半の一時間だという。時計を見ると四時四十五分。

気がつくと私はのれんをくぐっていた。

番台のお爺《じい》さんは親切で、タオルを購入すると石鹸《せっけん》をオマケにくれた。私は湯の中で長々と手足を伸ばした。そして一日一時間しか営業しない銭湯に入浴できたのだから、この弁護はツイているぞ、と自分に言い聞かせた。

銭湯を出て小菅駅に戻る道すがら、夕闇に沈む東京拘置所の威容が見えた。高層の建物の隣に、鶴が天を眺めるような建物が見える。今は使われていない旧東京拘置所だ。監獄を設計したのは司法省の専門部署で受刑者の手で建設されたのだという。

来日した喜劇役者が「その国の文化を知るには監獄を見るのが一番よい」と言い、この旧東京拘置所を訪問し、その建物を大絶賛したというエピソードを思い出した。

＊

国選弁護人を拒否されれば事前調査はムダになるので最初の接見は下調べせずに臨んだ。これは鹿野先生直伝の国選弁護人のテクニックだ。だが脈はありそうだと思った私は、二度目の接見までに事件の詳細を国会図書館で調べることにした。

事件はその頃の新聞、雑誌で相当量が取り上げられていたので資料探しは苦労しなかった。第一報は二〇〇六年二月二十八日。全国紙が一斉に報じた囲み記事だ。心臓外科手術で麻酔事故があり患者が死亡したという第一報はどこも同じだったが、桜宮市を本拠地とする時風新報《ときかぜしんぽう》という地方紙だけは、最初の報道は少し様子が違っていた。さすが地元紙だけあって日を追う毎にかなり詳しい経緯が掲載されていた。

えげつなさでは週刊誌が凄《すさ》まじい。六ページの特集記事で事件の舞台になった東城大の歴史から院内政治の舞台裏まで、一切合切の情報が垂れ流されていた。

そんな調査に丸一日掛かった。国会図書館はコピー代もバカにならない。洒落《しゃれ》たディナーができるくらいの額になった。

だが被疑者に関する記事は対照的に、極度に少なかった。被疑者が取り調べに対し完黙していることも関係しているようだ。

たったひと言発したのが、「これじゃあ、医者も壊れるぜ」という言葉で、それがセンセーショナルに報じられたのも事件の知名度に影響している。

改めて調べ直して衝撃だったのは、被害者が複数いるという報道だ。だが証拠がないため起訴できるのは発覚した一件だけになる可能性が高いと報じられていた。

記事から、記者が憤りを感じていることがありありと伝わってきた。

時風新報の署名記事で、別宮《べつく》葉子《ようこ》という記者の名前が記憶に残った。

興味は引かれたが、話を聞くため桜宮まで足を延ばそうという気にはならない。新幹線で往復二万円、在来線でも一万円。収入が乏しい、正確に言えば無収入の私には相当の負担だ。まして国選弁護人の安い報酬すら頂戴《ちょうだい》できるかどうかわからないのだから、出張なんてとんでもない。とにかく、カネを掛けずにできる基礎調査は終えたので、もう一度接見し弁護人に了承してもらう必要がある。

胸の内では選任してもらいたいという気持ちと、選任されたくないという、相矛盾する感情がせめぎあっていた。被疑者のため働きたい。弁護士としての務めだから選任してほしい。だが新聞や週刊誌の記事を読むと、自分勝手な犯罪にしか思えない。

そんなエゴイストの弁護はしたくないという気持ちも強い。

混乱し、とっ散らかった感情に、自分でも戸惑う。

そこまで考えて少し幸せな気分になる。つまりこの依頼はどっちに転んでも失望しないで済むからだ。逆に言えばどちらになっても満足することはないのだが。

03 奔馬

2008年5月7日（水） 都内某所・久馬法律事務所

「青葉川芋煮会集団中毒事件の弁護団の第十三回会合を始めます。開会にあたり、新メンバーを紹介します。今回より鹿野法律事務所の日高先生にもご参加いただけることになりました。日高先生、ご挨拶《あいさつ》をいただけますか」

司会役は太った中年女性だ。ひっつめ髪。えんじ色の眼鏡のフレームが顔に収まりきっていない。私を見守る満面の笑みに人柄の良さが滲《にじ》み出ている。

私は立ち上がると一礼した。

「鹿野法律事務所の日高正義です。弁護士歴ゼロ年の新人で、鹿野先生にご指導いただいている身ですが、名前負けしないように頑張ります。よろしくお願いします」

すると、どこからか忍び笑いが聞こえてきた。

その笑いが、鹿野先生という言葉に向けられたものか、私の名前の「正義」という言葉の響きに向けられたものなのかはわからない。自分の名前は嫌いだが、弁護士になった以上自分を売り込むためその名前を利用することに躊躇《ためら》いはない。生き延びるためには使えるものは何でも使ってやる、と考えていた。

配付された資料を眺めながら事件の概要説明に耳を傾ける。

東北地方では老若男女が河原で、持ち寄った具材を大鍋《おおなべ》で煮て、豚汁を作って食する、芋煮会というイベントが催される。そこで集団食中毒が発生し、三十人以上が病院に搬送され四人が亡くなった。芋煮会では食材に火を通すので食中毒は滅多に起こらない。なので警察が捜査に乗り出し芋煮汁を分析したところ亜ヒ酸が検出された。

容疑者として村落で仲間はずれにされていたPが逮捕された。Pは無実を主張したが、一審の青葉地裁で死刑が宣告されてしまう。Pは直ちに控訴したが高裁でも敗訴、最高裁は控訴を棄却し、死刑が確定した。だがPは、自白は強要されたものだと訴え、『冤罪《えんざい》被害者を救う会』が弁護に乗り出した。

社会情勢に疎い私ですら経緯は新聞等でうっすら知っていた。だがこうして改めて通し読みすると、確かに『冤罪被害者を救う会』が扱うべき案件にも思われた。

「本件の問題は自白に信用性がないことです。毒物として亜ヒ酸が同定されていますが、その地方では亜ヒ酸はシロアリ駆除剤として持っている家庭も多い。もちろん経歴や周囲の聞き取り調査から被告人が地域社会で村八分にされるような変人なのは確かですが、証拠もなしに死刑に処しては法治国家といえないし、それを放置しては民主主義国家の名が廃ります」

　久馬《きゅうま》団長が拳《こぶし》を振り上げ力説する、その言葉を聞いて胸が熱くなる。

自分の名が『冤罪被害者を救う会』の趣旨と共鳴し始めているのを感じた。

団長は小柄だが、そう見えないのは特徴的な髪型のせいだろう。

漫画に登場する科学博士が実験に失敗して爆発した後の髪型、という感じ。

　正面から見ると顔の面積と周りを取り巻く髪の面積が等しい。爆発頭は印象的だが、それ以外のパーツは印象に残らない。彼が頭を丸めたら誰も認識できなそうだ。

上から読んでも久馬久《ひさし》、下から読んでも久馬久というキャッチフレーズで、誰もが無理筋と思う弁護をするため勝率はよくないが、世間に一石を投じる弁護を続ける人権派弁護士の代表格。メディアにしばしば登場し知名度抜群で、彼が繰り出す弁護戦略は時に「魔球」と呼ばれる。

　検察はブラッシュボールと呼んでいるというウワサもある。

　若い頃は暴れ馬と呼ばれたが、最近は地道ながらパワフルな仕事ぶりから、ばんえい競馬の輓馬《ばんば》に喩《たと》えられる。

　還暦が近いのに駄馬と揶揄《やゆ》されないのは大したものだ。

「しばらく進捗《しんちょく》がなく手詰まり感があります。しかし検察が信用性のない自白による起訴という、一線を越えた暴挙に出て、不当起訴に対し死刑判決が確定されてしまう現状を座視するわけにはいきません。それは市民社会の窒息につながる。つまりP氏を救うことは市民社会の未来をレスキューすることなのです。そのため是非、みなさまのお知恵を拝借させてください」

『冤罪被害者を救う会』の会頭で、青葉川芋煮会集団中毒事件の弁護団の団長も務める久馬団長の呼びかけに対し反応はない。暫《しば》く待って久馬団長は肩をすくめた。

「硬直した司法は強引な刑の執行をする傾向がありますので、被告人に残された時間は少ない。でも焦っても仕方がないので今夜はお待ちかねの芋煮会にしましょう」

その言葉に周囲の人たちが一斉に立ち上がり、椅子を手際よく片付け始める。

「新入りさん、あんたは若いんだから力仕事を手伝ってよ」

司会役をしていた太った中年女性が私の肩を叩《たた》き、木箱を四つ並べる。私は周囲を見回し、三十代後半ならこの会では若手なんだと納得する。部屋の壁に立てかけた板を両手で持つと思ったより重い。件《くだん》の中年女性と二人で即席テーブルを設《しつら》えると、女性は奥の部屋に引っ込み、両手で軽々とぐつぐつ煮える大鍋を持ってきてテーブルの上に、どんと置いた。煮込まれた具材と味噌《みそ》の混じった匂いが鼻腔《びこう》を刺激し食欲をそそられる。途端に空腹だったことを意識する。

「若い方はたんと召し上がれ」とプラスチックの使い捨て容器に芋煮を盛ってくれた。

ふうふう息を吹きかけながらかきこむと、身体の芯《しん》からぽかぽかと温まる。

お言葉に甘え一気に三杯食べて人心地がつくと、手元の使い捨ての器が気になった。

「この容器、変わってますね。あまり見たことがないんですが」

「そりゃあ、東北地方にしか売っていない、芋煮事件の時に使われた容《い》れ物だもの」

途端に食欲が失《う》せた。箸《はし》を置くと中年女性が言う。

「そのくらいで食欲がなくなるなんて困った新人さんね。ところであんた、バチスタ事件の被疑者の国選弁護人を引き受けたそうね」

「早耳ですね。どこからそんな情報を？」

「鹿野先生からに決まってるでしょ。先生とは昔、同じ事務所にいたの。そういえば自己紹介はまだだったわね。あたしは久馬篤子《あつこ》。団長の妻です」

しみじみと久馬篤子を見た。女性の体重に言及するのはエチケット違反だが、でっぷり肥えて百キロ近いとなると、その特質を無視して彼女を語るのは却《かえ》って失礼だ。最初に目に入った印象を語るのは人間の素直な性質なのだから。

微笑する久馬夫人を見て、暴れ馬の妻は穏やかな女性なんだと思ったあの時の私を叱りたい。名前をみればわかりそうなものだ。篤子という名前には馬が入っている。つまり彼女は二頭立てで、旦那《だんな》の二倍の暴れ馬だったのだ。

「で、さっきの続きだけど、実はバチスタ事件は、あなたの前にあたしが国選を買って出たの。一発でフラれちゃったけど」

「どうして彼の選任を引きうけようと思って、そしてなぜ断られたんですか？」

「選任を引きうけようと思ったのは、あたしがへそ曲がりだから。あんなヤツは極悪人だから死刑だとみんなが口を揃えて言うようなヤツを弁護したくなっちゃうの。ウチの旦那は冤罪被害者を救うけど、それって誰からも褒められることでしょ。しかも権力に戦いを挑むことも多くてカッコいいの。あんなヘアスタイルしてるけど。でもあたしまで同じことをしたらカッコよすぎる。正しいものばかり集めたら、世界は潰《つぶ》れちゃう。だからバランスを取るため、あたしは極悪人の弁護を引き受けるの。それも反体制という意味では同じだから、夫婦の一体感は保たれるというワケ」

「つまり正義より反体制を貫くのが共通意識なんですね」

「うまいこと言うわね。言われて気がついたけど、あたしは正義なんて信じちゃいないわ。正義って体制によってコロコロ変わるんだもの」と言って篤子は私を見つめた。

私は、自分が批判されている気持ちになった。篤子は続ける。

「社会のルールはコロコロ変わる。昔コンビニで雑誌を立ち読みした。コンビニも客の呼び水になるから、と立ち読みを奨励したのに、不景気になったらいきなり立ち読みお断り。でも、それなら立ち読みに罪悪感を抱くことはないの。以前はおおっぴらに勧めてたんだもの。だから、ええと、あれ、あたしは何を言おうとしてたんだっけ？」

「正義はコロコロ変わる、ということです」

「そうそう、だから正義を信条にしたらとんでもないことになりかねない。弁護は暴力から市民を守るため。検察は暴力装置そのもの。そして暴力から身を避《よ》けるのは小市民の知恵」

「そういう趣旨を氷室さんにも伝えたのに、弁護を断られたんですか？」

「『僕は生き延びたいとは思わないんです』なんて言われちゃった。そんな風に言われたら弁護士はお手上げ。あなたはどうするつもりか知らないけど、断られても気にすることはないからね」

　断られるのが前提みたいに言われて気が変わった。それなら氷室に弁護を受け入れさせることは面白いかもしれない。私は彼女に負けず劣らず、へそ曲がりだった。

「おい、篤子さんよ。新人さんにこの会や俺の間違った印象を伝えるなよ」

　背後から野太い声がして、振り返る。

「あら、団長、あたしは新人さんにオリエンテーションをしているだけよ」

　いつの間にかボンバーヘアの久馬団長が立っていた。彼は私に手を差し伸べてきた。

「鹿野先生からお聞きしています。正義感に溢《あふ》れる熱血漢だそうですね。今後ともよろしくお願いします」

「微力ながら、精一杯頑張ります」と私。

「先ほど申し上げた通り、再審請求は行き詰まり、新しい戦略が必要です。鹿野先生に医療過誤裁判のエキスパートとして本件被害者の病状などについてご助言を頂きたかったのですが」

「先生にはそんなご専門があったのですか。私には、国選弁護人の消極的対応で日銭を稼いでいるとしか言いませんでしたが。それに実は、先ほどの挨拶《あいさつ》とは違って、私の国選の初仕事についても、ほとんどアドバイスしてもらえていないんです」

「鹿野先生のお気持ちはわかります。先生は奥様を医療過誤で亡くし、病院相手に勝訴した方です。医師もベストを尽くした上での事故だったのでその後はずいぶん悩まれました。だから患者をオペ中に殺害する医師の弁護は絶対やりたくないでしょう。奥様を医療事故で亡くした方にすれば、弁護の余地のない極悪人ですから」

　氷室事件について相談する時、鹿野先生が浮かべた微妙な表情の理由がわかった。

「鹿野先生は私たちよりアグレッシブで、私と先生とのコンビが馬鹿コンビと揶揄されていたことにご立腹で『なぜ馬鹿コンビなんだ。君たちより私の方が先輩なんだから、愛称でも私たちの関係性に正確を期し鹿馬コンビにしてほしい』なんて真顔で言うくらいですから」

　そんなはっちゃけたことを言った時の鹿野先生の顔が想像できない。コンビ名としては確かにその方が正しい気もするが、外見のインパクトがない鹿野先生と、ボンバーヘアで、インパクトそのものみたいな久馬団長が並べば、視線は久馬団長に独占されてしまうことは明らかだ。インパクトの塊の団長が、にやにや笑う。

「しかし篤子さんが新人さんを気に入るなんて、どういう風の吹き回しかな。常々、正義なんて反吐《へど》が出るほど嫌いって言っていたのに」

久馬篤子はちらりと私を見て、言った。

「確かにそうだけど、目の前に正真正銘の正義クンが現れたら、食わず嫌いは止めろというサインかな、と思ってさ。それに日高先生はバチスタ事件の国選弁護人を買って出たそうだからちょっと因縁が深くてね」

「それでご自慢の篤子スペシャル芋煮でご接待したわけか。日高先生、篤子さんに食い殺されないよう気をつけてくださいね」

ぽん、と肩を叩くと、久馬団長は他の一団の方に歩み寄って行った。

「さて、自己紹介と他己紹介の裏表が終わったところで、氷室被疑者についての情報をお教えして、弁護の対策会議を始めましょうか。実はあたし、へそ曲がりなだけじゃなくて、おせっかいでもあるの」

その申し出は、弁護経験の乏しい私にはありがたかった。

この瞬間、氷室弁護に関するへそ曲がり同盟が成立したのだった。

04　呼び水

2008年5月15日（木）　東京・小菅

面会室に入ると、目の前にテレビモニタがあるのに気がついた。これがウワサの法テラスと直結するテレビ接見用の部屋か、と思う。

透明なアクリル板越しに扉が開き、白いシャツ姿の氷室が現れる。

看守が姿を消すと開口一番、氷室は、「弁護人はお断りしたはずですが」と言う。

「正式には断られていません。また来ます、と前回の最後に申し上げたはずです」

「そうでしたっけ」と目を伏せて小声で呟《つぶや》いた氷室は、視線を私にぶつけた。

「まあ、いいでしょう。僕の答えは同じですから」

「あなたは前任の久馬先生に『生き延びたいと思わない』とおっしゃったそうですね」

「久馬先生？　ああ、あの太ったおばさんか。接見内容を教えるなんて守秘義務違反ですね」

「『冤罪《えんざい》被害者を救う会』の会合でご一緒しまして、私が無理に頼み込んで教えてもらったんです。生き延びたいのでなければ情報が漏洩《ろうえい》されても問題ないでしょう？」

確かに、と氷室は小声で言う。この屁理屈《へりくつ》めいた言い訳は、私に情報を伝えようとした久馬篤子を私が非難した時に篤子が言ったことをそのまま転用したものだ。

「あのおばさんは冤罪の人を救うのが趣味だなんて言うから、それなら僕のことなんか弁護しないで、本当に困っている無実の人を助けてあげた方がいいですよ、と言ったら黙り込んじゃったんです」

「久馬先生は、『冤罪被害者を救う会』に所属していますが、彼女は冤罪で困っている人より、世間から後ろ指を指されるような鼻つまみ者を弁護するのが趣味なんです」

氷室は、にいっと笑った。

「それなら僕はあのおばさんの、どストライクだったわけですか。でも趣味で仕事をやれるなんて優雅なご身分ですね。先生も『冤罪友の会』に属しているなら、僕みたいな者の弁護をするのは時間の無駄ですよ」

『冤罪友の会』ではなく『冤罪被害者を救う会』ですが、という訂正は呑《の》み込む。

「つまり、あなたは容疑を認めるんですか」と切り返してみる。

氷室は口を閉じ、私をじっと見つめた。それからしばらくして口を開く。

「取調官みたいな言い方をするんですね」

「真実を追求したいという点では、共通した気持ちですから」

「僕はその真実ってヤツを誰とも共有したくないから、黙秘しているんです」

「それでは裁判で不利になりますよ」

氷室の口角がかすかに上がる。それが微笑だと気づくまでに数秒が必要だった。

「だから言ったでしょう。僕は生き延びたいと思わないんです。客観的証拠の下で論理的に裁かれるなら、従います」

「ではあなたは絞首台に上る覚悟ができているわけですね」

「どういう意味ですか？」と氷室は不思議そうに首を捻《ひね》る。

「だって検察の起訴に抗弁しなければ、そういう結果になるわけで……」

氷室は再びうっすら笑う。唇の赤さが目に鮮やかになる。

「さっき僕は、客観的証拠の下で論理的にされた裁きには従う、とは言いましたが、この現状で刑を受け入れるとは言っていません」

「まさか、無罪だと考えているのですか？」と言い、穴があくほど氷室を見た。

「有罪とか無罪とかには興味がないんです。でも裁判関係の本に書かれている綺麗《きれい》事に従えば、僕が死刑になることはないと思います」

「しかし真実を語っていただかなくては、被害者は浮かばれません」

「被害者を成仏させるために僕の弁護をするんですか」と言って氷室は私を見た。

しまった、と思う。弁護人の業務は被疑者の利益のために働くことだ。

「自分の名前と信条を大切にしたいなら、僕の国選弁護人は止めた方がいいですよ」

ここで白旗を揚げ退場するのが正しく思えた。でもそれでどうなるのか。

私は今どん詰まりだ。それはこういう壁を前に引き返し続けてきたからだ。本当はその先に道が拓《ひら》けていたのかも。私はつきあたりの壁を突破してみる気になった。

人生初の暴挙だ。あの時私は氷室の毒気に中《あ》てられていたのかもしれない。

「前言は撤回します。被害者が浮かばれないというのは私の個人的感情で、あなたの弁護はビジネスです。それがあなたの利益になるのなら、被疑者の利益を追求するという常識的な弁護のスタンスを捨てます」

氷室は楽しそうに笑う。

「なかなか愉快な先生ですね。自分が言っていることが矛盾だらけだ、ということにすら気づかないで、他人を弁護しようというんですか」

「確かに私は矛盾だらけです。でもそれはこの社会が矛盾だらけだからなんです。それはあなたも同じです。何も求めていないと言いながら、しっかり求めているじゃありませんか」

「僕が社会に求めているものなんて、何もありませんよ」

「いえ、あります。あなたは、自分の言葉を社会に届けたいと思っているはずです」

顔からうす笑いが消え、真顔になる。けれども何も言わない。

私は続ける。

「あなたは逮捕直後、接見に来た弁護士に、ある人物へのメッセージを託しました。相手は桜宮の時風新報の別宮記者。彼女があなたのメッセージを記事にした文章が、ここにあります。『氷室医師は取り調べに対し〝これじゃあ、医者も壊れるぜ〟とひと言口にし、以後完全黙秘を貫いている』。この文は事件後の日本を席巻《せっけん》しました。それはあなたが望んだことでしょう」

氷室は接見台に肘《ひじ》をつき両手を組んで、前のめりになり私を見据えた。

「あれから二年。世の中はあなたの言葉なんて忘れている。次にあなたのことが人々の口《くち》の端《は》に上るのは判決が出た時です。でもその時、あなたの言葉は封じられ、世に出ることはない。つまりもはやあなたは死んでいるも同然なのです」

氷室は、上目遣いに私を睨《にら》んだ。

「結局、何が言いたいんですか？」

扉が開き、看守が入ってきた。氷室が設定した接見時間の終了だ。

「この先を聞きたければ国選弁護人に任じてください。そうすれば次回お話しします」

立ち去り掛けた氷室は、振り返って私を見た。

三日後、氷室から国選弁護人に選任を了承する、という報《しら》せを受け取った。

＊

接見も三度目になるとだいぶ慣れ、周囲を見回す余裕ができた。

傍らにある売店を覗《のぞ》く。ここに並んだ商品は受刑者への差し入れが認められているものだ。食物と一緒に雑誌の最新号が並んでいる。少年漫画誌の他、小説誌がずらりと揃っている。

そんな中、「スケベな人妻」というタイトルのエロ雑誌のなまなましさが際立つ。コンビニの店頭みたいだ。その奥に物品の受け渡しの窓口がある。差し入れはここに提出するのだ。書籍などは内容もチェックされるらしい。

受付に戻ると、電光掲示板に番号が表示されていた。金属探知機のゲートをくぐり無機質な廊下を歩く。拘置所の内部は、異世界のようで不思議な気分になる。

面会室に姿を現した氷室は、相変わらず白ずくめの服だった。けれども前回の非人間的で金属的なイメージは、薄まっていた。氷室はいきなり、口を開く。

「先生は面白い人です。ついに僕に弁護人の了承をさせた。でも正直言ってそんなことはどうでもいい。この間の話を最後まで聞きたくなっただけですから」

さりげないが大きな変化だ。

話を聞きたいというのはひとつの執着で、生への意志の表れだ。

「では、続きをお話しします。私が弁護人としてやることは少しでも軽い判決を勝ち取ることではなく、あなたの主張を世に発信することです。そのためには私を国選弁護人に選任しコンタクトをとり続けることが必須《ひっす》です。そうでなければあなたの言葉は社会に届きません」

氷室は指を組んで私を見た。視線は先を話せ、と促していた。

「これでは取り調べや裁判では不利になる可能性もあり、普通は成立しません。あなたの味方の弁護人の私も、裁判の場ではあなたの刑を軽くするためにあなたの言葉をまっすぐ伝えるのをためらうでしょう。でもあなたはそんな些細《ささい》なことは気にしませんよね？」

「それなら先生はどうやって僕の言葉を世間に伝えるつもりですか？」

「手記を書いてもらい、メディアに渡します。想定相手は時風新報の別宮記者。掲載される保証はありませんが、発信できる確率は格段に上がるでしょう。これこそあなたが願っていることではありませんか？」

氷室は組んでいた指を解き、椅子の背にもたれ掛かる。

「予想の斜め上を行く申し出ですね。でも事実誤認があります。僕は自分の言葉を社会に発信したいなんて思ったことはありません。取り調べの内容がそんな風に報じられていたのは、この前初めて知りました。前回の話では僕が弁護人を通して、取り調べの内容を別宮さんに託したということになっていたけど、それも弁護人が独断でやったことです」

氷室は、私を凝視した。そしてぽつんと言う。

「ここは氷の牢獄《ろうごく》です。何をしても凍えるだけなんですよ」

ふと漏らした本音をあわてて吹き消すように、氷室は続けた。

「先生の申し出を受けるメリットは、僕にはありません。でもやろうとしていることは、なかなか興味深い。先生は、自分のポリシーを枉《ま》げるような申し出をして、どんなメリットがあるんですか？　もし僕にもなにかしらのメリットがあって、それが面白ければ、協力してもいいですよ」

氷室との会話は異次元生物とのやりとりのようだ。

そもそも「協力する気になれない」だなんて、どういう視座にあれば飛び出す言葉なのか。被疑者は外界との糸にすがるしかないはずなのに。

だがその時に私は、あることを思いついていた。

ナイフに正邪はない。ナイフという物体があるだけだ。そのナイフを使って人を刺せば凶器になり、魚を捌《さば》けば道具になる。

私は不遜《ふそん》にも氷室というナイフを、有意義な道具に仕立てようと考えていた。

「実は……」と言って口を開いた私を、氷室は興味深げな表情で凝視した。

05　奇手

２００８年６月３日（火）　都内某所・久馬法律事務所

「第十四回、青葉川芋煮会集団中毒事件の再審請求方針の議論を始めるにあたり、鹿野法律事務所の日高先生から、ご提案があるそうです。日高先生、お願いします」

　久馬篤子の指名を受け、私は立ち上がる。

「前回のサマリーを拝読し、Ｐさんが本人の主張通り犯人ではないと仮定した場合、無罪を証明できる可能性があります。殺害に使用された毒物の鑑定結果を持ち出すことです」

「それは最初、毒物が同定されず、神戸《こうべ》のスプリング８《エイト》で解析した結果亜ヒ酸が検出され、Ｐ氏の自宅にあったものと一致したという、唯一に近い物的証拠になっているものじゃないの」

　司会の役割を忘れて、久馬篤子が反論する。

　スプリング８とは、神戸にある大型放射光施設で、理化学《りかがく》研究所が運営する巨大シンクロトロンだ。その放射光を使った蛍光Ｘ線分析法という手法で微量元素分析が可能になり、解析結果は本裁判でも重要な証拠になっていた。手元の資料にカラフルなパンフレットのコピーが添付されていて、そこには次のように謳《うた》われていた。

「スプリング8では微量成分の分析依頼を受け付けており、警察庁と専属契約を結び、事件検体の解析を優先的に行なう枠もあります。警察庁長官狙撃《そげき》事件では衣服についた硝煙反応を検出するため、また和歌山毒物カレー事件ではヒ素の微量成分分析を行なったという稼働実績もあります」という一文を眺めた後、私は続けた。

「主成分が一致したため物的証拠となっていますが、スプリング8は高度な分析装置で分析データ量は膨大です。薬物の純化は限界があり必ず不純物が混じります。その不純物は生産過程で混入する夾雑物《きょうざつぶつ》で雑多で、薬品瓶に固有で、いわば薬品の指紋のようなものです。P氏が真犯人でないなら、不純物の構成要素は一致しません」

「そうか、分析の詳細なデータを検察に開示させるのか」と久馬団長が手を打つ。

「でも検察がこちらの意図を察したら、開示しないわ」

久馬篤子が言う。刑事弁護で被告人をクロと証明する証拠だけ取り上げ、シロと証明する証拠を取り上げないのは、一種の八百長試合で当然、冤罪《えんざい》の発生母地になる。

だが今、そうした法制度の問題点に関する議論をするつもりはない私は続けた。

「データの非公開は、法曹界では常識でも科学分野では非常識です。つまり次元を変え、真実の暴露の依頼を科学界に持ち込むんです」

「なるほど、分析化学学会とか、そっち方面にデータ提供を要請するのね。それは突破口になるかもしれないわね」

　久馬篤子の頬が紅潮する。久馬団長が思案深げな表情で言う。

「逆にP氏が真犯人だと確定することにもなりかねないが」

「『冤罪被害者を救う会』の団長が、何を日和《ひよ》っているのよ。そうわかったらこの会は弁護から手を引けばいいのよ。冤罪ではないと証明されたんだから」

「だが、一度引き受けた依頼人を放り出すような真似は……」

「大丈夫。その時は極悪人弁護の女神、このあたしが引き受けるわよ」

　自分のことを女神って言うかね、と思いながらも篤子の発想の柔軟さに舌を巻く。

　確かにその時は誰もが引き受けない犯罪者の弁護人を引き受けるスイーパー、篤子の出番だ。こういうのを夫唱婦随というのかな、などと私は考えた。

　その後、久馬篤子はすぐさま解析結果を入手する手配をし終えた。鮮やかな手際を、私はほれぼれと眺めていた。

＊

　接見五回目の七月三日、氷室は饒舌《じょうぜつ》だった。彼の提案に乗ってスプリング8の解析結果を化学者に再解析してもらった結果、P氏が冤罪だという客観的な物的証拠が得られ、改めて再審請求がなされたという朗報が新聞に載ったからだろう。

「弁護士や検事の仕事は人工的な世界でのやり取りだから、本質はテレビゲームと変わらない。その意味で科学や医学は相手が自然だからもっと深いんです。だから法曹関係者は傲慢《ごうまん》になり、科学者や医者は謙虚になる。でもあなたは遣《や》り手ですね」

特ダネをすっぱ抜いたのが時風新報という地方紙であった理由はメディア界では謎とされた。だが特ダネと引き替えに氷室の手記を掲載してもらう約束を締結した私はからくりを知っていた。普通の記者ならば特ダネをもらった引き替えにもうひとつの特ダネをもらうわけだから、交換条件というより棚からぼた餅《もち》といった方が近い。

だが別宮記者にとっては、確かにこの件は交換条件になるだろう。

氷室から弁護人に選任してもらうため三回目の接見で私が氷室に出した交換条件は『冤罪被害者を救う会』の事案に関し氷室の知恵を拝借したいというものだった。

案の定、氷室はバカバカしいと渋った。だが私は粘った。そもそも欧米の捜査機関に比べると日本の捜査機関の情報閉鎖性は酷《ひど》すぎる。

取り調べや裁判では被疑者は圧倒的に不利な状況にある。取り調べ時間の決定、調書を作成するのも検察官の思い通り。従わないと長期間勾留《こうりゅう》する。欧米では取り調べの際、被疑者の弁護士が同席できるが、日本ではそんな当たり前のことができない。

不当に長い勾留も国際的に問題視されている。氷室に関しても微罪での再逮捕が重なり、最初の逮捕から二年以上も勾留され続けている。世界的には人権問題とされるが、検察に改善の意志はない。そうしたことを滔々《とうとう》と述べた後で、私は言った。

「検察の隠蔽《いんぺい》体質は改善されて当然なのに、やる人がいない。そのため検察組織は独裁組織になっています。それをひっくり返せたら面白いと思いませんか」

「確かにそれは面白そうだな。検察の不透明性は相当に不快ですからね」

腕組みをして目を伏せていた氷室は黙り込んだが、やがて顔を上げた。

「退屈なので暇つぶしに協力してもいいです。この犯罪は毒物が凶器なので僕はぴったりかもしれません。麻酔医は毒使いですからホームグラウンドなんです」

協力するに当たり氷室は、青葉川芋煮会集団中毒事件の裁判資料を要求した。特に物的証拠の情報を欲しがった。それは当然の要求だが私は戸惑った。

「資料の差し入れはできません。書籍は三冊まで差し入れ可能ですが、他には白いノートなどだけで検閲もありますから」

それもそうか、と呟《つぶや》いた氷室は、少し考えて言う。

「それなら資料を本にしてください。内容のチェックは厳しくないから、もっともらしいタイトルの表紙をつければフリーパスでしょう」

「わざわざ資料を製本しろというんですか？」

「オンデマンドで一冊から本が作れる時代ですから。費用は割高ですが『冤罪友の会』にはカンパ資金がたっぷりあるでしょうから、それくらいできるでしょう」

早速篤子に依頼すると「ウチの会はそんな金持ちじゃないわ」とぶつぶつ言いながらも製本費用を用立ててくれた。直にコピーしたものを製本したらさすがにバレそうなので、私がワープロで打ち、書籍の体裁に直した。面倒だったが、作業のおかげで出遅れて参加した裁判内容を理解できたのは収穫だった。篤子に用途は伝えなかったが、詮索《せんさく》はされなかった。後日、製本した三冊を氷室に差し入れた。物語に見えるよう、最初の見開きページにお伽噺《とぎばなし》を引き写した。窓口の事務員の女性は詮索もせず、書籍を受け取った。タイトルは『ぼくらの冒険』全三巻。なかなか意味深だ。

氷室が本を受け取り詳細に読み込んだ結果、たどり着いた反撃法が前回の会で提案した内容だ。そのやり方を四回目の接見で詳しく聞いて、『冤罪被害者を救う会』に提案したら再審請求の受諾に結びついた。ご機嫌な氷室は、続いて私に尋ねた。

「日高先生はこの前、桜宮に出張して、田口先生に会ったそうですね。田口先生は誰か紹介してくれませんでしたか？」

「厚労省の白鳥技官という方に会うよう勧められました。かなりイヤそうでしたけど」

氷室は声を上げて笑った。初めて聞いた氷室の笑い声だった。

「それで、白鳥さんとは会うつもりですか？」

まして」
「検討中です。私はあなたの弁護人ですから、氷室さんの意思を尊重しようかと思い
「は。日高先生って律儀なんですね。白鳥さんと会うのはムダではない、というより
むしろ事件を理解するにはとても有意義だと思いますが、僕の弁護のためには一ミリ
も役に立たないと思います」
「つまり白鳥さんとは会わない方がいい、と?」
「逆です。先生が白鳥さんと会って、翻意して僕の弁護を降りるきっかけになるとい
いなあ、と思います。でも、あの人と話をするのは純粋に面白いと思いますよ」
氷室が私を気遣ってくれたように見えたことに少々驚いたが、私はここ数回の接見
で、氷室はサイコパスではないかという感触を持った。
サイコパスは、特定の事物に対するこだわりは強いが、思い入れがないことではむ
しろ親切だったりすると、何かの本で読んだ記憶がある。
私は氷室を徐々に理解し始めていたけれど、常識ではとうてい理解できない思考の
持ち主だという程度の理解にすぎなかった。氷室も、私に対し理解が不足していた。
一番わかっていなかったのは、私が極度のへそ曲がりだ、ということだ。
その時、看守が入ってきた。そろそろ氷室が設定した接見時間の終わりらしい。
「桜宮行きのことは、次の接見時に改めて詳しくご報告します」

「その報告は急がなくてもいいです。白鳥さんと会うのならその後でもいいです。田口先生との会話は想像がつきますけど、白鳥さんが何を言い出すかは想像がつかないから楽しみです」

そう言って氷室はうす笑いを浮かべた。

退出する氷室の後ろ姿を見ながら、私は十日前に桜宮を訪問した時のことを思い出していた。

06　遠征　２００８年６月23日（月）　桜宮・東城大学医学部付属病院

桜宮市は神奈川県と静岡県の県境にある。東京駅から新幹線で一時間少々。「のぞみ」は停まらないので本数は少なく、一時間に一本程度だ。

人口十万人の地方都市の基幹駅を降りると、左手が桜宮海岸への道、右手が桜宮丘陵へ続く道だ。駅前広場には桜宮三姉妹のブロンズ像がある。その傍らに三姉妹の伝説の由来が書かれた石碑があったが、今はその碑文を読んでいるゆとりはない。

私は東城大学医学部付属病院行きのバスに乗った。

大学病院行きのバスは多く、朝のこの時間帯は十五分に一本あるので便利だ。桜宮丘陵とは大袈裟《おおげさ》で、丘、という方が実態に近い。その丘陵の頂上に建設中の超高層の病院棟が見える。前年末まで工事用のシートで覆われていたが最近外されて、白い塔が姿を現した。間もなくオープン予定の新病院の通称は『ホワイト・サリー』。

十二階建ての最新式のビルらしい。

バスは十五分ほど市街地を走り、やがて病院坂と呼ばれる坂道を上り始める。その頂上が東城大学医学部付属病院のある丘だ。桜宮で誰に会うべきか、ということは氷室からサジェスチョンを受けていた。

まず時風新報の別宮葉子記者。それから東城大学医学部付属病院では可能なら高階病院長と田口医師、無理なら田口医師だけでも、ということだった。

それには順序があって、まず田口医師に面談し、田口医師から高階病院長に紹介してもらうのがいい、とアドバイスされた。田口医師との面談に万全を期すため、ある仕掛けを勧められた私は、人がごった返している病院の受付に向かった。

二〇〇六年は東城大学医学部付属病院にとって受難の年だった。もちろんバチスタ事件のせいだが、年末に看護師が絡んだ死体損壊事件、桜宮コンビナート火災など、多事多難だったそうだ。あれから二年、外来には人が溢《あふ》れていた。

外来受付で予約を確定し、順番を待っていると、女性の事務員がやってきた。

「不定愁訴外来受診の日高さま、場所がわかりにくいので診察室までご一緒します」

丁寧すぎる対応だが、不定愁訴外来は面倒な場所にあるため、事務の人に連れていってもらうようにと氷室にもアドバイスされていたので、黙礼して従う。

事務員の後について階段を上る。一階の外来に行くのになぜ二階に上がるのか、怪《け》訝《げん》に思うだろうが、私は予習済みだった。

二階の廊下のつきあたりの非常階段で外に出る。風よけの覆いがついた外付けの階段を下り、建物の端にある扉の前に立つ。

一瞬、のどかな初夏の陽射しに晒《さら》される中、事務員の女性は扉を開ける。

「向かいのドアをノックしてください」と言い、事務員は姿を消した。

ノックすると返事があったので、ドアを開ける。狭い部屋。正面に机がひとつ。

その後ろの椅子に中年の男性が座っている。

「どうぞ」と声を掛けられ、白衣の男性の正面の椅子に座る。

うつむいてキーボードを叩《たた》いていた男性は、顔を上げた。

「日高正義さん、ですね。どういったお加減でしょうか」

「自分が周囲から浮いている感じがするんです。そのせいで夜、眠れなくて」

それはウソではなかった。ただし病院受診が必要なほどではなかったけれど。

「それは、どういった時に起こりますか？」

「同僚と議論したりする時です」

「仕事をしていれば起こりうることですね。少しお疲れなのかもしれません」

「その仕事は当事者のお話を伺わないと解決しないことなんで困っているんです」

「当事者に尋ねるのが難儀なんですね。とりあえずあなたのようにはっきりした認識をお持ちでしたら、思い切って当事者に当たってみたらいかがでしょう。解決の糸口が見つかるかもしれません」

「ええ、そう思います。ですからこうしてここを受診したわけで」

田口医師は怪訝そうに首を捻《ひね》る。私は続けて言った。

「実は私は東城大学付属病院のバチスタ事件の犯人、氷室医師の国選弁護人です」

田口医師に凝視された。のどかな部屋の空気が一瞬にして凍り付く。

その時、かちゃりと音がして奥の部屋の扉が開いた。老境の看護師が珈琲《コーヒー》をふたつ、盆の上に載せてしずしずと入室してきた。珈琲の香りが部屋に満ちる。

「大変なお客さまがお見えになりましたね、田口先生」

田口医師は椅子の背もたれをきしませ身体を倒し、斜め後ろの看護師を見る。

「盗み聞きしていたんですか」

「まあ、失礼な。そろそろ珈琲をお出しするタイミングかと思って扉を開けたら、偶然聞こえてしまったんです」

患者に珈琲を出すなんて、ここは喫茶店か。そう思いながら看護師を見る。

「珈琲を召し上がりますか？」と、田口医師は吐息をついて言った。

「ええ、差し支えなければ」

「藤原さんは私の助手のような方で、バチスタ事件の時も有益なアドバイスをしてくれました。患者であればこんなことは申し上げませんが、氷室君の弁護人ということならば彼女に同席してもらった方がいいかもしれません。いかがでしょう」

「ええ、差し支えありません」

藤原看護師はいそいそと隅の椅子に腰を下ろす。私は訪問理由を語り出す。

「さて、何から話せばいいのか……」と躊躇《ちゅうちょ》すると、田口医師は穏やかな口調で言う。

「ここを受診した患者さんには、まずご自分の経歴を語ってもらいます」

形式上患者の私は、ここのルールに従うべきだ。確かにそれは、話のキッカケにはぴったりだ。なるほど、とうなずいた私は、自分の経歴を話し始める。

「地方の国立大学の法学部を卒業し一般企業に就職して十年勤めた後に一念発起して司法試験を受験し弁護士資格を取りました。昨年のことです。なかなか就職先が決まらず、やっと決まった事務所での初仕事がこの国選弁護人の仕事です。私は四人目の国選弁護人候補で、以前の三人は断られていました」

「氷室先生が認めるなんて、優秀な方なのね」と藤原看護師が合いの手を入れる。

「法曹界の経験が浅い若造がお気に召したのかもしれません」

「氷室先生は、そんな温情めいたことで自分の主義を変えるような人ではないわ。あなたは従来の法曹界では非常識な提案でもしたんじゃないのかしら」

　私はひやりとして首を縮める。

　なるほど、これが要注意人物、藤原看護師か。

　氷室がうっすら笑って言った言葉が脳裏に甦《よみがえ》る。

　――場合によると田口先生なんかより危険人物なので、気をつけてくださいね。

「私は特別な申し出などしてません。そもそも弁護人の立場でそんなことを提案できる余地もありません。強いて言えばこうして関係者を回り事件の真相を私なりに解明したいと申し上げました。それは被疑者が事件について一切語ってくれない状況から考え出した苦肉の策です」

　そう言った私はふと思い出してつけ加えた。

「ただひと言だけ、本音らしい言葉は聞けました。氷室さんは今、氷の牢獄《ろうごく》にいる、と感じているそうです」

「ふうん、そうだったの」

　ぽつんと呟《つぶや》いた藤原看護師は、ぼんやりした笑みを浮かべた。

「あなたは私に、何をご所望なのでしょうか」と横合いから田口医師が声を掛ける。

これを横合いというのは間違いだ。私の聴取の相手は田口医師なのだから。

だがつい、〝横合い〟などと表現したくなってしまうほど田口医師の影は薄い。

いや、単に藤原看護師の印象が強すぎるだけかもしれないが。

「氷室さんは事件発覚直後、田口先生に全て話したと言っていました。それが自分が語れる全てで、でも自分の口からは語りたくないというのです。ですので本人の自白のようなものと思いまして、弁護人として伺っておかなければと、こうした失礼なやり方で伺ったのです。正式ルートで東城大に依頼すると、捜査中なので対応できないと言われてしまいそうで」

「それも氷室先生の入れ知恵ね」とすかさず言った藤原看護師に、私はうなずく。

田口医師は腕組みをして目を閉じた。

青葉の香りを含む一陣の風が部屋に吹き込んでくる。

やがて田口医師は目を開けると言った。

「おっしゃる通り、大学病院の一員として先生のご要望に応《こた》えることはできません。ただこれはわが東城大も苦しんでいる問題です。先生がされていることはその手助けになります。ですので制度上問題はありますが、私が知っていることはお話しします」

そう言って田口医師は珈琲をひと口飲む。つられて私も珈琲カップを手にした。

馥郁《ふくいく》とした香りが鼻《び》腔《こう》を刺激する。本格的な焙煎《ばいせん》珈琲だ。

「二月末のあの日は今日みたいに晴れていました。当時の私はバチスタ事件の闇を前に、真相を求めて暗中模索していました。予定された手術は翌日で、その時に厚生労働省から派遣されていた調査官が事件にケリをつけると言っていたのです」

「厚生労働省から調査官が派遣されていたのですか？　警察ではなくて？」

私が驚いて訊《たず》ねると、なぜか田口医師は、顔をしかめてうなずいた。

「ええ。その時点では誰も犯罪と考えておらず、警察に届け出ても対応してもらえないだろうという状況でしたので、病院長が超法規的措置で厚生労働省の医療事故調査委員会設置なんとか、という部署の技官の派遣を依頼したのです」

「お名刺もいただいたんですからそこはきちんとお伝えしないと。厚生労働省大臣官房秘書課付技官で医療過誤死関連中立的第三者機関設置推進準備室室長ですよ」

藤原看護師にたしなめられ、「そ、そうでしたね」と田口医師は口ごもる。

私は藤原看護師の記憶力に驚きながら、あわててメモ帳を取り出す。

「すみませんが、その技官のお名前と所属をもう一度……」

「そんな肩書き、メモするには及びませんわ。ここに初めてお見えになった時の肩書きで、今は更に進化した部署になって名称も変わっているはずですから」

「では、その方のお名前を」

「ほら、田口先生、ちゃんと教えて差し上げないと」

なぜここまで口を挟んでおきながら、今さらそんなところで田口医師の顔を立てようとするんだろう。すると田口医師は、なぜか苦渋の表情で絞り出すように言う。

「白鳥圭輔技官です」と答えると、小声で藤原看護師に言う。

「さっきの白鳥技官の肩書きですけど、いただいた名刺には厚生労働省大臣官房秘書課付技官とだけしか書いてなかったように記憶しているんですが」

「きちんとご覧にならなかったからです。裏に手書きで肩書きが追加されてました」

私は二人のやりとりを聞きながら、厚生労働省・白鳥圭輔とメモをした。

田口医師は肩をすくめると、話を再開した。

「そんな技官が中央から派遣されてきたので、私もそれまでの状況を整理し自分なりに推理しようと海辺のレストランでランチをしていたら、翌日手術予定の患者が急変し緊急オペになり、私は白鳥技官に連絡を取りつつ病院に戻りました。技官に手術は絶対阻止しろと命じられたのですが、間に合わなかったのです」

田口医師は唇を噛《か》んで黙り込む。やがて気を取り直したように顔を上げると、話を再開し、事件発生から真相解明までの流れを淡々と語った。

真相解明した新技術、Ａｉ（オートプシー・イメージング）という言葉が耳に残る。遺体の画像診断をして死因究明に寄与する検査らしい。

　これについては詳しく調べる必要はなさそうだ、と思いつつ一応メモはした。

　更に私は事件の推移を詳しく聞こうとしたら、田口医師は言い渋った。

「捜査当局からの要請なので、これ以上は口外するわけには……」

　すると藤原看護師が口を挟む。

「これは雑談で、真相を解明する議論ですから、当局の要請に忠実に従う必要はないわ。実際、桜宮の事件を東京に持っていったのに、二年近く微罪による再逮捕で勾留延長を繰り返し、起訴を引き延ばしているだけですもの。田口先生が東城大への愛校心から、ぽろりと情報を漏らしたとしても咎《とが》められたりはしませんよ」

　田口医師は再び腕組みをした。外来でいつもこんな風に考え込んでいたら、臨床医としてやっていけるのだろうか。だが、田口医師が口にしたのは驚愕《きょうがく》の真相だった。

「わかりました。以後は他言無用に願います。事件発覚直後、私は氷室君を監視するため同じ部屋に二人きりでいました。その時、彼が私に『真相』を語ったのです。それは手術チームの手術を外部から観察していた人物にしかできない説明でした。チーム・バチスタで五例の術死が連続して発生したうち一例は不運な事故、一例は純然たる医療ミス、そして残りが彼の手による殺人だというのです」

「それは立派な自白ですよ。捜査当局には伝えたんですか？」

「もちろんです。ただし、当時は大変混乱していた上、逮捕直後に氷室君は警視庁に移送されてしまったので、調書になっていません。その後、警視庁から聴取依頼が来たのですが、病院長の判断でお断りした経緯があります。そこで当局は三件の殺人は立証困難になり一件を立件する方向にしたそうで、それを受け報道も変わったのです。取り調べは完全黙秘で、私が氷室君から直接聞いた証言も調書になっていません。せめて裏付けの物証があれば、と捜査員は悔しがっていました」

田口医師が調書の作成に協力すれば済むことではないか、と思ったが、その時にひとつの可能性を思いついた。東城大にも氷室の犯罪を縮小することはメリットだったのではないか。三人の患者を殺害した医師が在籍していたら病院の存亡に関わるが、一人だけなら何とかなるかもしれない、と病院上層部が考えても不思議はない。

それに一人の殺害だと滅多に死刑にならないから氷室も完全黙秘しているのかも。

そうすると氷室にとって未熟な弁護士から余計な情報が漏れるより、一件の逃れようのない事件に対し完全に服従すればいいという合理的な判断になる。

私は氷室の韜晦《とうかい》を見抜いた気がした。その瞬間、私は激怒し、氷室を正当に裁きたいという、弁護人としてあるまじき欲求が胸をよぎった。

それは正義という名の下に培った私の悪癖だった。そのせいで前職を失ったのに、

そうした反省は全く生かされていない。

私は氷室の告白について、田口医師から詳細に聞いた。そして質問する。

「私は最近、過去の記事を調べ直したのですが、どの記事も殺人は一件だけと報道していませんでしたが」

　正確には事件直後の時風新報だけは五件の連続した術死に言及していた。だがその記事も犯罪と断じず、一週間後には被害者は一人、つまり事件が発覚した一件だけとされていた。そのことについても、田口先生は事情を説明してくれた。

　得るべき情報は得たと判断した私は、辞去の言葉を告げた。

　すると田口医師が言う。

「お待ちください。ここを受診した患者さんに必ずしている質問があるんです。あなたも一応受診者ですので、よろしければ質問にお答えください。これはすべての患者さんの初診時に伺っていることで、話したくなければ拒否されても結構です」

　立ち上がりかけた私は、再び腰を下ろす。ここまでしてもらったら、相手の依頼を無下に断るのはさすがに気が引ける。

「日高先生のお名前は正義だそうですが、その由来を教えてください」

　私は虚を衝《つ》かれて黙り込む。脳裏をさまざまな想念が走る。

　なぜうろたえてしまったのかを考えて、意外な真相に気づく。正義という言葉は誰でも知っているが、なぜ私にそんな名前を付けたのか、父から聞かされていなかった。言わなくてもわかるだろう、という父の思い込みだったかもしれない。だがその父が、正義とは何かわからなくなる目に遭わされ、不遇のうちに死んだことを考えるとやるせない。そんなことが一度に私に押し寄せて、胸が詰まってしまったのだ。

自分の名の由来を聞かれ、父の死を考えるしかないなんて、私はどういう存在なのだろう。黙り込んだ私を見て、田口医師が言う。

「無理にお答えいただかなくても結構ですが」

「答えたくないとか答えられないというわけではなく、この名前を付けられた理由を父から聞いたことがなかったなあ、と思い出したもので」

私を見つめた田口医師は、ぽつりと言う。

「私は普段、患者さんの言葉に耳を傾けることに徹し、聞いたことにコメントはしません。白鳥技官はかつてそんな私をパッシヴ・フェーズのピュアタイプだなんて言いましたが……」

「何をおっしゃっているのか、よくわからないのですが」

「そうでしょうね。言っている私もよくわかっていないんですから。でもその時に、パッシヴ・フェーズを完遂するにはアクティヴ・フェーズが必要だ、と教えられたんです。そのことを今、初めて理解できた気がします」

私は、理解不能な言葉の羅列に、「はあ」と間抜けな相づちを打つしかない。

田口医師は、気の毒そうな表情をして続けた。

「ですので僭越《せんえつ》ながらひと言申し上げます。日高さんはお父さんから大切な意志を受け取っています。でも理解しながらそれに従うのをためらっておられる。それはご自身が、正義という言葉に懐疑的になっているからです。その迷いは正しいと思います。正義ほど難しい概念はないからです。そんな言葉をお名前に付けられた日高さんは、さぞ苦しまれたでしょう。でもあなたのお父さんは、あなたならその重荷を背負えると思ったのだと思います」

私は黙り込む。私を見つめた田口医師はぽつりと言う。

「出過ぎたことを言いました。お忘れください」

「いえ、ありがたいご教示でした」

「私に気を遣う必要はありません。ここはそういう場所なので」

「気を遣ってはいません。本音です」

「ではもう一つだけ。日高さんは言葉と反したことを考えている時、右眉《みぎまゆ》が少し上がるクセがあります。ですのでご無理をなさる必要はないと申し上げているわけで」

私は思わず右眉に触ってしまう。藤原看護師が微笑する。

「田口先生ったら、すっかり白鳥技官の教えをものにされたようですね」

田口医師は一転、世の中にこれほどイヤなことは聞いたことがない、といわんばかりに、思い切り顔をしかめた。私はその時、忘れていた重要案件を思い出した。

「もし可能でしたら、高階病院長とも面会したいのですが、ご紹介いただけますか」

田口医師はしばらく考えていたが、首を横に振る。

「ご紹介するのは吝《やぶさ》かではありませんが、病院長は東京に出張中ですので今日は無理です。仮にいらしてもお会いできる可能性は低かったと思います。私から氷室君の弁護人として紹介することになりますが、病院長の立場では検察から関係者と勝手に会わないように、と指導されていますので」

「そうすると私に話したことで、組織人としての田口先生にご迷惑を掛けることになりませんか？」

　かつて組織内力学を読み違え大変な目にあった過去の自分を思い出し、私は訊《たず》ねた。

　すると隣で聞いていた藤原看護師が、いきなり大笑いを始めた。

「組織人としての田口先生、ですって。何て据わりの悪い言葉なのかしら」

　むっとした表情を浮かべた田口医師は、すぐに気を取り直したように微笑する。

「お気遣い、ありがとうございます。ご心配には及びません。私は院内世捨て人だの天空のお地蔵さまだのと呼ばれる変わり者らしいので。それと高階病院長はある意味で私以上に柔軟性に富んだ方ですが、それでも病院長としてできる範囲で忠実であろうとされるでしょうし、この件では私は病院長とほぼ同等の情報量を持っていますので、あえて高階病院長とお会いになる必要はないと思います」

田口医師がそう言うのであれば、たぶんその通りなのだろう。余計な手間が省けるので、こちらとしてもありがたい、と思っていると、田口医師が言う。

「先ほどお話を伺って気になったことがあります。氷室君は拘置所を、『氷の牢獄《ろうごく》』と言ったのですね」

　私は記憶を呼び覚まし、うなずく。

「ええ、確かそう記憶していますが。それが何か？」

「些《さ》細《さい》なことですが、彼はかつてこの世界は『氷の棺《ひつぎ》』だと言っていました。それが牢獄に変わったのか、と思ったもので」

　大した違いではないのでは、と言おうとして、はっとした。

　棺に入るのは死人だが、牢獄に入る罪人は生きている。

　田口医師は、氷室が生還を画策し始めたのではないかと懸念しているのだろうか。

　その事を確かめてみようか、とちらりと思ったが止めた。ここで私が田口医師の認識を確認したところで、事態は何も変わらないからだ。

　私は、今度こそ立ち上がると、会釈をして部屋を出た。

　初夏の穏やかな陽射しに包まれた。

　不定愁訴外来、恐るべし。

　どうやら田口医師を見くびっていたようだ、と最後の最後に思い知らされた。それだけ藤原看護師の存在感が圧倒的だったという相対的評価でもあるのだが。

次は白鳥技官と会うべきだと思いつつ、氷室がその名を口にしなかったことを不思議に思った。

取りあえずアポを取ってある時風新報の別宮葉子記者と会うことにした。

私は受診料の支払いを待つ間に別宮記者にメールをして、時間と場所を指定した。

07　黄金地球儀

２００８年6月23日（月）　桜宮・桜宮海岸

別宮記者との待ち合わせはレストラン『シー・パイナップル』にした。田口医師が事件直前に寛《くつろ》いでいた店だと聞いたからだ。東城大からタクシーで二メーターの距離だ。大学病院はタクシーがいつでもいるのでありがたい。

待ち合わせは一時間後なので、バスを使っても余裕だが、早めに入店し、聞いたことを整理しようと思った。だがそんな思惑は外れた。

店に着くと、海が見える特等席に陣取った若い女性が、私を見て片手を挙げた。

彼女はミニドライヤーを手にして、髪を整えている最中だった。

「別宮さん、ですね。お早いですね。約束の十五分前ですが」と言いながら、私は彼女の前の席に座る。

「近くで別件取材をしていたんです。少し前に話題になった宗教法人『神々の楽園』事件が、もう少しでケリが付きそうなんです。でも日高先生も早いですね。早めにきて身だしなみを整えようと思っていたのに、恥ずかしいところを見られました。取材で色々な人と会うので、クセっ毛の私はドライヤーが必携品なんです」

私に口を差し挟む余地も与えず一気にまくし立てると、ころりと口調を変えた。

「ところで日高先生は桜宮によく来られるんですか？　この店は最近話題の若い女性に人気のお店ですけど、地元の人しか知らない名店ですよ。この店を待ち合わせに指定されて、びっくりするやら嬉《うれ》しいやら、だったんですけど」

「いえ、たまたま知人に話を伺ったら評判がよさそうだったので」

初対面の田口先生を知人とするのは図々《ずうずう》しいが、きちんと説明するのは面倒なので、そう答えた。

「そうですか。でもよかった。ここはとっても美味《おい》しいですから。でも近頃は評判になってとても混むので、お店のファンとしては嬉しいんですけど、常連としては残念で、痛し痒《かゆ》しなんです」

メニューは和洋折衷、バラエティに富み、寿司《すし》からパスタまでレパートリーは広い。

別宮記者が店員のように説明してくれたので、螺鈿《らでん》定食というランチメニューにした。別宮記者は顔馴染《かおなじ》みの店員に、気安い感じで黄金地球儀定食をオーダーした。

「黄金地球儀定食って変わった名前ですね」と私が言うと、別宮記者は海岸線の向こうにある建物を指差した。逆光の中、硝子《ガラス》の建物がきらりと光っている。

「あそこに見えるのが桜宮唯一の観光施設、桜宮水族館の別館『深海館』で、深海生物が展示されています。ここの店名の『シー・パイナップル』は『ホヤ』のことで、深海館に桜宮湾で発見された新種の深海生物ボンクラボヤが展示されているので、それに因《ちな》んで名付けたそうです。でも本当の目玉はふるさと創生資金で自治体に配られた一億円で桜宮市が作った黄金地球儀です。これはその展示にあやかったメニューで、まん丸で大きいクリームコロッケがとっても美味しいんですよ」

螺鈿定食は色とりどりの四角い寒天を敷き詰めた皿に貝づくしの握りが六貫ある、豪勢なものだった。量はもの足りないが仕方ない。

別宮記者は、巨大な丸いクリームコロッケをフォークでつついて壊しながら、今取材中の事件について楽しそうに語っていたが、やがてさりげなく本題に入った。

「私に会う前に、東城大学付属病院にいらしたんですね」

「不定愁訴外来の田口先生にお話を伺いました」

「へえ、この事件の調査で、よく田口先生にたどり着けましたね」

「被疑者のサジェスチョンです。あなたと会うようにというのもそうですが」

　別宮葉子は顔をしかめた。

「氷室さんには騙《だま》されました。インタビューした時は、あんな人だとは思いもしませんでした」

「え？　氷室医師を事件前に取材していたんですか？」

「氷室さんはそのことをおっしゃらなかったんですね。変な人。念のためその時の記事のコピーを持ってきました。よろしければ差し上げます」

「ありがとうございます。今、拝読してよろしいですか」

「もちろんです。氷室さんの弁護をなさるのなら、参考になると思いますよ」

　早速記事に目を通す。事件の舞台となった心臓外科手術チームの二回連載の特集記事だ。確かに氷室はいた。栄光のチーム・バチスタ、『グロリアス・セブン』のメンバーのひとり。今より潑剌《はつらつ》としているが集合写真の中では含羞《はにか》んでいるように見えた。自分はこんな華々しい舞台に立つ人間ではない、と言っているかのようだ。

　別宮記者は、クリームコロッケのかけらをフォークで突き刺しながら言う。

「事件発覚後、グロリアス・セブンは解散しました。今も大学病院に残っているのは講師の垣谷《かきたに》先生だけです。チームリーダーの桐生《きりゅう》先生は米国で名が売れた方で、フロリダのサザンクロス病院に戻られたと聞きました」

私は、インタビュー時の氷室の印象を聞いたが、反応が奇妙な肌触りで話をするのに苦労したということ以外、大した情報はなかった。その印象は私が彼と初めて接した時に感じたものと同じだった。別宮記者が氷室に好感を抱いていないのは確かだ。貝づくしの螺鈿定食を平らげると、私は鞄《かばん》から封筒を取り出した。

「実は氷室さんから別宮さんに言伝《ことづ》てを預かっております。氷室さんは別宮さんに、彼の手記を新聞に掲載してもらいたいというのです」

「なぜ私なんかに？」と驚く別宮記者に、私は答える。

「メディア関係の知人はあなただけで、取材時、不誠実でなかったからだそうです。ただし条件がひとつあって、掲載時期は氷室さん自身が決めるので手記の封筒はそれまでは開けないでほしいそうです」

視線を落とし、白い封筒を凝視していた別宮記者は、やがて顔を上げた。

「正直、そんなものは読みたくありません。でもメディアの一員として読者が望めば掲載すべきで、少なからぬ読者は読みたいと思うでしょう。ならば私にはその依頼を受け止める義務があります。掲載時期まで封を開けないという条件は了解しましたが、掲載の決定は上層部マターです。ですので氷室さんの指示があってから封を開け上司の判断を仰ぐことになり、掲載まで多少時間が掛かったり掲載見送りもあり得ます。それでよければお引き受けします」

氷室に強烈な拒否感があるのはわかった。

同時に彼女がメディアの一員として高い矜持《きょうじ》を持ち合わせていることも理解し、氷室が手記を彼女に託した理由も理解した。

田口医師にしても別宮記者にしても、氷室が信頼しているのは一廉《ひとかど》の人物だ。氷室が人物を見抜く慧眼《けいがん》の士であることは確かなようだ。そうなると氷室が口にしなかった厚生労働省の白鳥技官のことがいよいよ気になる。

私は、氷室が手記掲載のバーターとして用意した、もうひとつの特ダネを伝えた。いざとなったら交換条件で交渉してほしい、と氷室に言われたものだったが、私は別宮記者のメディア人としての矜持に対するリスペクトを示したかったのだ。

その情報は別宮記者を興奮させた。

「これは私が絶対に通します。それにこれを交換条件にすれば、氷室さんの手記も掲載しやすくなるかもしれません」

そう言って二つの特ダネを手にして立ち上がった別宮記者は、含羞むように微笑して、軽い口調で言う。

「初対面の方におねだりするのはどうかとは思いますけど、ここのランチはご馳走《ちそう》になってもいいですか？」

私がうなずくと別宮記者はにっこり笑い、足取りも軽く目の前から姿を消した。

08　火喰い鳥

２００８年７月10日（木）霞が関・中央合同庁舎第５号館

霞が関の官僚の身なりは目立たぬよう、でもそれなりにカネをかけ気を配っていることが相手に伝わるようなソツのなさが優先される。ひと言で言えば当たり障りのない服だ。地位が高くなればブランドで武装する。

そんな私の常識は目の前の白鳥技官によって粉砕された。黄色いカラーシャツですら規格外なのに真っ赤なネクタイをそこに被《かぶ》せるセンスが信じられない。おまけに背広はこれ見よがしのスカイブルーのアルマーニと、三原色のそろい踏みの服装は、信号かよ、とツッコミたくなる。

厚労省のある中央合同庁舎第5号館の最上階スカイレストランを指定してきたから、ランチをたかるつもりかなと思っていたら、案内された一番奥のテーブルには書類が山のように積まれ、その中に派手な衣装を着た小太りの御仁が鎮座していた。

眼下に国会議事堂を見下ろし、遠景に東京タワーを望む。こんな場所で仕事をしていたら自分は天上人だと誤認しかねない。

つきあたりの扉に『関係者以外立入り禁止』というプレートがかかり、その前のテーブルは仕事机のようで食事を取れる雰囲気ではない。書類の山の中から立ち上がるゴキブリ。そんな失礼な印象を抱いても私の罪ではない。私は無愛想なウエイトレスに注文を問われ、ホットを頼んだ。

「あ、僕は何もいらないからね」

聞くまでもない、という顔をして、ウエイトレスは黙って立ち去った。

「さて、日高さんは弁護士で、氷室の国選弁護人なんかを引き受けたの？　物好きだなあ。あんなヤツ、殺しちゃえばいいんだよ。アイツの食費が貴い税金から出ているかと思うとムカつくからね」

自分勝手にまくしたてたワンパラグラフで、自分の見解をあますところなく伝え切っている。確かに優秀そうだ。彼の主張についてはこれ以上聞き取る必要はなさそうだ。同時に氷室が会うべき人として白鳥技官を挙げなかった理由もわかった。

感情を噴出させた後、白鳥技官は冷静な顔に戻り、名刺を差し出す。

「あ、初めまして。僕はこういう者です」

大臣官房秘書課付という肩書きが消えて、仰々しい漢字の羅列が見て取れた。

『医療安全啓発室・医療過誤死関連中立的第三者機関設置推進準備室室長』という仰々しい漢字の羅列に、『医療関連死モデル事業特別分科会・病院リスクマネジメント委員会標準化検討委員会委員』という、主たる肩書きより長い役職名が添えられている。こうなるともはや相手には、拒絶感しか与えないだろう。

医療過誤死という単語にイヤな予感がしたが、白鳥技官の速射砲が私に炸裂《さくれつ》する。

「ところで昨今の弁護士さんは初対面の相手しかも自分より格上の相手に名刺を出さないというのがトレンドなのかな？」

あわてて名刺を差し出すと、白鳥技官は名刺の隅を人差し指と親指でつまみ、陽にかざした。こんな名刺の受け取られ方は初めてだ。

「日高正義さん、か。日、高くして正義の輩《やから》だなんて鬱陶《うっとう》しそうな人だねえ」

「いえ、よく名前負けだと言われていまして」

「名前負けなんて当たり前でしょ。こんな名前に負けないヤツなんて傲慢《ごうまん》なクズしかいないよ。でもその年まで生き存《ながら》えているんだから、名前負けしてるワケないでしょ」

そう言うと白鳥技官は名刺をテーブルの上に投げ出した。ものすごくカチンとくるもの言いだが、なぜカチンとくるのか、言語化できないのが不思議だ。すると白鳥技官は顔面総土砂崩れみたいな表情になる。どうやら笑顔のつもりらしい。

「でも正義の味方でもなんでもない弁護士さんでよかった。検事に任官されていたら、とんでもない人災になるところだったもの」

「弁護士は、被疑者に寄り添う正義だと思います」

反射的に思ってもいないことを口にすると、白鳥技官はすかさず言い返す。

「弁護士が正義の味方だなんてどこの世界のたわ言なの？　正義と敵対する極悪人の弁護もするから、正義の敵にもなるでしょ。でもあんたは検事にならなくて大正解だよ。ヤツらは正義を振りかざしているけど何のことはない、自分たちの組織を大切にしているだけだ。そんな集団にいたらあんたみたいなタイプは偏狭になって、市民社会に害悪を垂れ流す有能な検事になっただろうね。弁護士になったのは名前負けではなくて、名前に逆らって生きるタイプだからだよ。そんなあんたが氷室の国選弁護人になったということはつまり、氷室の手先になったわけか。逆洗脳が必要かな。ところで、その調子だと『冤罪《えんざい》被害者を救う会』なんかに属しちゃったりしてる？」

ぎょっとしたが、別に隠すことでもないので素直にうなずく。

「うわあ、図星か。でも久馬団長に怒られたりしない？　そうか、奥方は極悪人の味方の変態弁護士だったから、そっちとツルんでいるのか。で、親分の鹿野先生は何の助言もしてくれないから太っ腹のお内儀に泣きついたわけね。あ、この太っ腹というのは奥方の体型と性格の両方に掛けた、ダブルミーニングの掛詞《かけことば》だからね」

完璧《かんぺき》に内情を見透かされて愕然《がくぜん》とした。

動揺を隠しきれない私を見て白鳥技官は、へにゃっと笑う。この「へにゃ」という副詞は笑顔に相応《ふさわ》しくないが、顔面筋全てが完全脱力したような表情を形容する擬態語は、他には見当たらないから仕方がない。

「やれやれ、僕に紹介しておきながら、こんなアクティヴ・フェーズの初歩の初歩に対する基本的な防御策も教えないなんて、田口センセも意地悪になったなあ」

「え？　今のがアクティヴ・フェーズってヤツなんですか？」

「そだよ。極意、ええと、ナンバーは忘れたけど『情報は先回りして出端《でばな》を挫《くじ》け』。今の話は全部、あんたが出した名刺で丸わかりのことを先回りして提示して、鼻面を取って引き回しただけさ。アクティヴ・フェーズの初歩の初歩だよ」

「何をおっしゃっているのか、さっぱりわからないんですが」

白鳥技官が吐息をつくと、テーブルの上の名刺が吹き飛ばされそうになった。

「あんたの名刺に名前と所属法律事務所が載ってる。鹿野法律事務所と言えば医療事故訴訟で有名で、医療事故調でも手強《てごわ》い主張をした鹿野先生の事務所で、かつて『冤罪被害者を救う会』の久馬夫妻と同じ釜《かま》の飯を食った仲だ。となれば自分が実現に寄与した医療事故調が司法による医療の破壊を助長し、傲慢な司法を突っ走らせる道具になってしまったことに忸怩《じくじ》たる思いを抱き、やる気をなくした鹿野先生が氷室の国選弁護人を引き受けた部下を指導する気持ちになれないのはわかる。でも人格者の鹿野先生のこと、放り出すなんて無責任なこともできない。すると久馬先生の奥方にアドバイザーになってもらおうと差配するなんて一発で丸わかりだよ」

まさか白鳥技官が鹿野先生をご存じだったとは、世間は狭いものだ。

私は、白鳥技官と面会する予定を鹿野先生に言わずにいたことを反省した。ひと言報告しておけば、事前に身を守る術《すべ》を伝授してくれただろう。だがこうなってはもはや手遅れ、すべては自業自得だ。

田口先生が、別れ際に呟《つぶや》いた「ロジカル・モンスター」という異名を思い出す。

コードネームは「火喰い鳥」だという、白鳥技官は続ける。

「鹿野先生は優秀な弁護士だよ。でも残念ながら奥様を医療過誤で亡くし、その時の病院が悪質だったので怒りをこじらせ私《し》怨《えん》の沼に落ちた。すべての医師が悪質だという前提で医療事故調の骨格を作ろうと法律家の委員に助言し、実現した。今、僕はその流れを押し戻そうと必死だけど旗色は悪い。このまま医療事故調ができたら悪質なシステムの生みの親になる。鹿野先生の医療事故調への思いは複雑で、奥方の死亡事故の後にバチスタ事件が起こったのが追い打ちになり、はじめは純粋な気持ちで医療現場を責めていたけど、同僚の弁護士が『医療事故調ができればその報告書を元に医療訴訟ができる、仕事は増え精度が高い情報も簡単に得られる』と言うのを聞いて、目が覚めて活動から手を引いたんだ。だから鹿野先生は氷室事件に関わりたくなかった。大方、そんな繊細な鹿野先生の意図に反し、功名心にかられた新米が無理やり説得したって流れでしょ」

鹿野先生の仕事ぶりの裏にそんな悲劇が隠されていたなんて。私に対する白鳥評価は否定したいし真相と違うと確信しながらも、どこがどう違うのか説明できない。ということは白鳥技官が説明したことは鹿野先生の目から見た真相なのか。

自責の念に打ちのめされている私を眺めて、白鳥技官は続ける。

「あんたって思っていることがすぐ顔と態度に出るから、弁護士には向いてないな。あんたみたいな人は圧倒的に有利な立場から弱者をいたぶるように突き進む、検事みたいな仕事が天職だから、今すぐ転職しなよ。あれ？　笑ってくれないの？　天職に転職、なんちて」

話の内容に衝撃を受けていた私に、そんなダジャレに反応するゆとりはない。

「やれやれ、この傑作ダジャレを埋もれさせないために今度、東城大の救命救急センターに行って、佐藤ちゃんに披露するしかないか」と白鳥技官は吐息をつく。

それから顔を上げ、私の顔を凝視する。

「うん、これだけのアクティヴ・フェーズ・土石流で揺さぶりを掛けてもブレないのは、自分の名前への思い込みが相当強いんだね。そんなあんたが氷室の国選弁護人に選任されたということは、手下になるだけでは済まなそうだ。しかも自分の性質と真逆の弁護を選ぶというへそ曲がり加減を併せて考えると、心中秘《ひそ》かに期しているのはただひとつ。ズバリ、検察破壊でしょ」

あっという間に、一枚の名刺と周辺情報で丸裸にされてしまって茫然《ぼうぜん》とする。

　白鳥技官は立ち上がり、右手を差し出す。握手を求めているのだとはわかったが、なぜこのタイミングで握手なのか、戸惑いながら肉厚な手を握ると力一杯握り返され、思わずうめいた。白鳥技官は一向に意に介さず、その手をぶんぶんと上下に振る。

「やっと協力態勢を築く妥協点が見出《みいだ》せたね。僕が目指すのは医療と司法の間に境界線を引き、同等の付き合いをすること。医療事故を裁く厳密なシステムを作るなら、同じように司法事故も裁くシステムを作る。その意味で、あんたが今やろうとしていることと似てるんだよね」

　私はようやく、自分が何をやりたいのか理解した。白鳥技官は、私が考えたことの遥《はる》か上空を飛翔《ひしょう》し、上位概念を提示した。理解したとたん自分の立ち位置や目指すべき方向がはっきり見え、同時に氷室に対する弁護姿勢も決定してくれた。

　さすがロジカル・モンスターと言われるだけのことはある。

「でもさあ、氷室の弁護人なら、うんと手を抜いて、というより検察と一致団結して、死刑にしちゃえばいいのに。だいたいこの件は手厳しく裁いてもらおうと思って水面下で働きかけ桜宮地検から東京地検に移送したのに、そのせいで桜宮市警がむくれて田口センセの証言を調書に取らなかったのは大誤算さ。ほんと、地方警察は鈍くさく東城大の上層部もえげつない。でもまあ高階センセの判断もわかる。事件を梃子《てこ》にして医療事故調作りを一気に進めようという動きがあった。そうなったら医療は崩壊しちゃう。それは結局あんたたちみたいな、司法改革と称したタワケ企画で粗製濫造《らんぞう》された弁護士の救済措置のためだっていうんだから、とんだお笑いぐさだよ」

白鳥技官は吐息をついた。

「まったく、法ってヤツはどこまでいってもロクデナシや出来損ないの味方で、正義なんてどうにも実現できっこないし、誰ひとり本気で実現するつもりもないんだよ。さっきも言ったけど、あんたら弁護士だって、報酬をもらえばどんな極悪人も弁護しちゃうわけで、つまるところ正義のためなんかじゃ全然ないんだよね」

篤子とまったく同じことを言うなんてどういうことだと思いつつ、私は口ごもる。

「それはそうなんですが、犯罪者にも人権が……」

「うん、ご立派な主張だね。でもつまりそれなら人権を守ることは正義とバッティングする。法は一種の暴力装置だから誰かが正義ってヤツを定義することになる。でもそれを検察みたいな傲慢《ごうまん》な組織にやらせたら、市民社会が苦しめられるだけ。氷室みたいなヤツはシンプルに死刑にすべきなんだ。市民の医療に対する全幅の信頼を根こそぎ裏切ったんだから。社会を破壊する第一級のテロリストを死刑にできなければ法も正義も無意味なたわ言さ」

「でも、そうなると、誰が彼を断罪することになるんですか」

私が訊《たず》ねると、白鳥技官は躊躇《ためら》わず断言した。

「社会という美名の下で誰かが決める。そのストレスを引き受けるのが重荷なら、僕がやる。目的はわかったから、最強の敵と、最悪の味方を紹介してあげるよ」

私の返事を待たずに白鳥技官は、私に渡した名刺を取り戻し、その裏にへたくそな字ですらすらとメモを書くと、再び私の前に投げ渡した。

「何なら最強の敵は今すぐ電話でアポを取ってあげる。というか今、僕から直接アポを取らないといつまで経っても会ってもらえないかもしれないよ」

「是非お願いします。ところで『最悪の味方』はそうしなくて大丈夫なんですか」と、私は躊躇《ちゅうちょ》せず尋ねた。

「うん、そっちは僕が連絡すると却《かえ》って行き詰まる。何しろ相手はひねくれ者だから」

白鳥技官は、窓際に設置された電話の受話器を取り上げる。有言実行、三十分後のアポを取ってくれた。礼を言い、伝票を摑《つか》んで立ち上がろうとすると白鳥技官が言う。

「支払いはこっちでやっておくよ。初対面の挨拶《あいさつ》代わりの奢《おご》りさ」

「でもお手数をお掛けした上、ご馳走《ちそう》までしていただくのは恐縮で」

「ううん、きっちり元は取るから安心して。それにこれはお詫《わ》びの意味もある。本当はもう一手間かけて同僚の八神《やがみ》からの紹介、という形にした方が親切なんだけど、残念ながらそんな余裕はないからね。あんたは礼儀をわきまえているようだからひとつ要望を。何か進展があったら『アズ・スーン・アズ・ポッシブル』で教えてね」

見事なまでのジャパニーズ・イングリッシュだな、と思いつつ、私はうなずく。

「わかりました。ではご馳走になります」

その時の私はまだ、自分が置かれた状況の深刻さを、理解していなかった。

「きっちり元は取る」という白鳥技官の言葉の真意を、私が思い知るのは、氷室裁判が始まってからのことだった。

09　狂犬

２００８年７月10日（木）　霞が関・中央合同庁舎第2号館

私は二十一階建ての中央合同庁舎第2号館に向かう。ここはかつて悪名高き内務省が入っていたビルで、今は旧内務省系の総務省と警察庁が同居している。

目的地は警察庁だ。白鳥技官が紹介してくれた相手は、彼と真逆の服装をしていた。

上質の背広だがブランドを調べる気を起こさせない地味な出《い》で立ち。斑鳩《いかるが》芳正《ほうせい》・警察庁刑事局新領域捜査創生室・室長。就任後短期間に達成した業績と苛《か》烈《れつ》な捜査手法、極端に少ない口数でついた通り名は「無声狂犬（サイレント・マッドドッグ）」。

これが最強の敵か。この方面に接触が必須《ひっす》と考えていたが、どうすれば可能か、見当がつかなかった。それがあれよあれよという間に到達できた。白鳥技官の巻き起こす風に乗っただけだが、その白鳥技官をいやいや紹介してくれたのは田口医師だ。

そして「最悪の味方」も田口医師と懇意らしい。

東城大のネットワーク、恐るべし。

だが今は最強の敵と相対するから、その先のことを考えるヒマはない。

ここは最もデリケートかつセンシティヴな対応をしなければならない。

斑鳩警視正は掠《かす》れ声で、名刺を出した私に訊ねる。

「本当に白鳥技官からのご紹介ということでよろしいんですね」

よろしいも何も、他に知り合いがいないのだから仕方がない。

「たとえば厚労省次世代のエース八神課長あたりでしたら、好都合だったのですが」

白鳥技官がぽろりと口にした名が、ちらりと顔を出す。

「その方はどういう方ですか」

「帝華《ていか》大卒のキャリア官僚です。ミスター厚労省と呼ばれ、万事にソツのない方です」

なるほど、あらゆる点で白鳥技官とは反対だ。それなら確かに物事はスムースに行きそうだ。だが白鳥技官はスムースさよりスピードを優先したのだ。

「ところであなたがここに面会にこられた用件はなんでしょう」

言われて当惑する。いずれ手順を踏んで会うべき相手ではあったが、このタイミングは時期尚早に思われた。だが田口医師が言うところの「すっ飛ばしの白鳥」技官に紹介されて、私はここにいる。つまり運命の歯車に乗ってしまったのだ。

　私は頭脳をフル回転させつつ口を開いた。

「私は東城大のバチスタ事件の被疑者、氷室氏の国選弁護人の日高正義と申します」

　斑鳩警視正の眉間《みけん》に皺《しわ》が寄った。

「被疑者は国選弁護人を拒否し続けていたと聞いていましたが」

「二ヵ月ほど前に選任されました。私が新米弁護士で経験値が低いことが新鮮で、それがよかったみたいです」

「で、弁護の成算はおありなのですか？」

「あるわけがないでしょう。物証バッチリ、本人は完全黙秘、世間の評判は最悪です。優秀な検察からすれば楽勝の事案でしょう。でもなぜか二年経った今、未《いま》だに起訴されていないようなのですが。あえて言えばそこが狙い目です」

「ほう、なぜそう思われるのですか？」

「本件の起訴が異常なまでに遅れているのは検察内で意思統一ができていないと思うのです」

　これは被疑者の弁護人としては行き過ぎの発言であることは間違いない。

　でも私は躊躇わなかった。たぶん、チャンスは今しかないのだから。

「あなたは、そうした状況を、どのように解釈されているのですか」

　私は少し考え、言葉を慎重に選びながら答えた。

「社会正義を標榜《ひょうぼう》する検察としては、被疑者を何としても死刑に処したいと考えていながら、それができずに葛藤《かっとう》している、というあたりでしょう」

「なかなか面白い弁護士さんですね。あなたは本当に被疑者の弁護人なのですか」

「ええ。でも被疑者との信頼関係は築けていません。被疑者は事件に関して、何も私に語ってくれないのです」

「捜査官にも同じ姿勢らしいので、それは理解できます。それで？」

　先を促され、小さく息を吸い込む。飛ぶべき時がきた。

「検察が被疑者を起訴しないのは、起訴事項の同意ができていないからでしょう。それは被疑者が事件発覚直後、同僚医師に語ったとされる告白にあります。被疑者は三名の患者を毒物で死に至らしめた、と告白している。でも桜宮市警は、警視庁に犯人が移送されたドタバタで、その医師の話を調書にしていない。つまり自白の証拠はないわけです。すると一名の殺害容疑で起訴せざるを得ない。検察が恐れるのは起訴しても一名の殺害では死刑にできないことです。すると被疑者はおめおめと生き存《なが》らえて、社会復帰までしかねない。そんなことは絶対に許されないと検察は考えている」

　斑鳩警視正は腕組みをした。凍えるような沈黙。やがて掠れ声が聞こえた。

「面白い仮説ですが、それを警察庁官僚の私に言うのはお門違いです。起訴を専権事項とする担当検事にお話しすべきでしょう」

「その通りです。なので警視正から担当検事にご紹介いただけないかと思いまして」

「図々《ずうずう》しい方ですね。どこの世界に、裁判開始前に被疑者の担当検事と直談判《じかだんぱん》させろという弁護士がいるんですか。あなたと我々の関係は利益相反です。我々があなたの申し出に対応するメリットはありません」

「私が行き詰まった捜査を進展させるブレークスルーとなる物証を握っていて、それをお知らせすることで検察に協力したいと言っても、ですか？」

　斑鳩警視正は、細い目を思い切り見開いた。

「そんなことはあり得ません。それは弁護人の倫理に反しますから」

「普通なら、ね。でも私の依頼人は助かりたいと思わず、私を弁護人と思っていない。会話をしたくて弁護人にしただけで、その証拠に私には事件について何も語りません。被疑者から特別情報を得ていない以上、私が社会正義のために思いついたことを、一市民として検察にお話しすることは、差し支えがないと思うのですが」

　斑鳩警視正は目を細めた。視線は宙を彷徨《さまよ》うが、何も見ていないかのようだ。

「どうやらそのブレークスルーとやらを、私に話すつもりはなさそうですね」

「先ほど御指導いただいた通り、それは警視正には『お門違い』ですから」

斑鳩警視正は意趣返しした私を凝視した。しばらく私たちは睨《にら》み合う。

やがて斑鳩警視正は、私から視線を外さずに、受話器を取り上げる。

「福本《ふくもと》検事正ですか。今からお部屋に伺いたいのですが、よろしいでしょうか。用件は、バチスタ事件についてのご相談です」

息を詰めた私の耳に、受話器が置かれた音が聞こえた。

*

斑鳩警視正の先導で警察庁がある霞が関中央合同庁舎第2号館から、隣の敷地の中央合同庁舎第6号館に向かう。第6号館には法務省本省、最高検察庁、東京高等検察庁、東京地検、東京地方裁判所など司法の中枢部が集中している。

検察は人気がなく誰彼構わず勧誘するというウワサがあったが、私には声が掛からなかった。自己破産した家庭だからか、と邪推したりもする。

東京地検特捜部の一室に通された。バチスタ事件は特捜部案件ではないはずだが、と怪訝《けげん》に思いつつ部屋に入る。ソファにもたれ足台に足を投げ出し、顔に雑誌を被《かぶ》せた長身の男性が居眠りをしていた。

「福本検事正、お連れしました」と斑鳩警視正が言うと、バネで弾《はじ》かれたように男性は身体を起こした。顔の上に置いた雑誌がばさり、と床に落ちる。

そこに現れた顔を見て、瞬間、ウマヅラハギという魚の名が浮かぶ。

失礼この上ないが、そんな風に思うのは個人の自由だ。

「今頃バチスタ事件で相談なんて、季節外れだな。あれはとっとと一件の殺害で起訴すべきだと勧告したのに、鎌形《かまがた》の野郎が逆らった。だがそれももうじき終わる。ヤツは浪速《なにわ》地検特捜部に都落ちしたからな」

「福本検事正、民間人が同席しておりますので、内部情報についてはお控えください」

「ふん。そういえば貴様は鎌形と懇意だったっけ。残念ながらお前の贔屓《ひいき》筋《すじ》はお終《しま》いだよ。で、この人はバチスタ事件についてどんな提案をしてくれるんだ？」

私は自分の素性を語った。福本検事正は床に落とした雑誌を拾い上げ、退屈そうにぱらり、ぱらり、ぱらりとめくりながら大あくびをした。私が話し終えると雑誌から目を離さずに言う。

「弁護人としてはあるまじき態度だが、検察のため微力を捧《ささ》げたいというその姿勢は評価する。それで被疑者の情状酌量を狙うわけか。セコい戦略だ」

「いえ、私は、被疑者を適正に三名の患者の殺害で起訴すべきだと思っています」

福本検事正は雑誌をばさり、とテーブルの上に投げ出す。

「今俺が話したことを聞いていなかったのか。物証がないからやむなく一名の殺害でちゃっちゃと済まそう、という方針がやっと固まったんだ。今さら途中から出張ってきて茶々を入れるんじゃねえよ」と福本検事正はべらんめえ調で言い放つ。

「もし物証がある、と言ったらどうします？」

福本検事正は黙り込む。それから私の顔をねめ回すようにして眺める。

「おう、冗談言うとブッ殺すぞ。こちとら忙しくて目が回りそうなんだ」

それで目が回ってソファで居眠りしていたわけね、と思ったが口には出せない。でもあの白鳥技官ならしゃあしゃあと口にしそうだ、と思った私は、その時の修羅場の場面を想像して、思わず笑いそうになるのを懸命にこらえた。

「お忙しい検事正や警視正をからかったらバチが当たります。お時間がもったいないので結論を言います。私が思いついた物証は、死亡した二人の遺灰をスプリング8という最先端の分析・解析機器で微量元素解析すれば得られる、というものです」

福本検事正は目を見開くと、斑鳩警視正と慌ただしく視線を交わす。

「青葉川芋煮会集団中毒事件の物証を提供した怪物マシン、か……」

「それは弁護団が無罪を主張し、再審請求の物証として新たに挙げてきた解析結果を提供した、中立的な科学機器でもあります」

斑鳩警視正がつけ加える。無闇に飛びついては危険だという忠告の響きがある。

福本検事正は黙り込む。私はすかさず言う。

「スプリング8は真実を明らかにする叡智《えいち》の光です。バチスタ事件では非公式な被疑者の自白もあります。それを裏付けるだけですので検察にデメリットはないはずです」

確かに、と福本検事正は呟《つぶや》く。目を閉じるとますます馬面に磨きが掛かる。

「で、具体的にはどうしろと言うのですか」と斑鳩警視正が掠《かす》れ声で訊《たず》ねる。

「被疑者がこの犯罪に手を染めたことはスプリング8の微量元素解析で麻酔医しか入手できない毒物成分を検出できれば証明できます。その物証で殺人罪に問えます」

「理屈はわかります。確かにブレークスルーになるご提案です。ところであなたが、自分の依頼人に不利益になるような提案を伝えたのは何故ですか」

「先ほど申し上げた通り、私と被疑者の間には、信頼関係が結べていません。その上被疑者は刑を軽減したいとか情状酌量してもらいたいという気がなく、弁護のし甲斐《がい》もありません。私は個人的には、罪を犯した者は、法の下で裁かれるべきだと考えています。ですので検察に協力を申し出たのです」

福本検事正は、ぱちぱちぱち、とまばらな拍手をした。

「素晴らしい。良識ある市民のご協力に感謝する」

「ただし、ひとつ交換条件があります。この新たな物証を採用し被疑者を罪に問うのであれば、同様に無実の死刑囚を解放していただきたいのです」

次の瞬間、眼前の斑鳩警視正と福本検事正は私の目論《もくろ》見《み》を理解した。スプリング8によって提供された物証を公平に扱えば、青葉川芋煮会集団中毒事件の被告人の無実は証明される。検察にしてみれば私の提案は空き王手の一手に思えただろう。

やがて福本検事正が立ち上がる。

「貴君の提案は傾聴に値するが、高度な検察判断が必要なため、即答できない。今日はお引き取り願う。貴君の貢献に関しては検察を代表し謝意を述べる」

私は一礼し、部屋を出た。斑鳩警視正は部屋に残った。

無味乾燥な合同庁舎の廊下をたどり、エレベーターに乗った私は、本当にこれでよかったのだろうか、と何度も自問しながら、地上に下降していった。

*

日高弁護士が去った後、福本検事正と斑鳩警視正はしばらく無言で見つめ合った。

やがて斑鳩警視正が口を開く。

「まさか、あんな根幹的な提案だとは想定していませんでした」

「素晴らしい提案なのに、何をシケたツラをしているんだね、斑鳩クン。しかも福音をもたらしてくれた彼は氷室の国選弁護人だという。つまり公判開始を阻害していたふたつの大問題が同時に解決したわけで、盆と正月が一遍に来たようで実にめでたい」

　そう言った福本検事正は周囲を見回して声を潜めた。

「この件の起訴を急いだのは本格施行を一年後に控えた裁判員制度が適用されるのを恐れたからだ。あの制度が始まったら死刑や無期懲役の重罪裁判は全て裁判員裁判になり証拠開示や事前準備で大変なことになる。これ以上引き延ばすと裁判員裁判実施直前の駆け込み起訴だなどと批判されかねず、そうなったら話はいよいよこんがらがってしまう。だからその前にこの案件は起訴してしまいましょう、と黒原《くろはら》特捜部長に提案したのが受容されたのはつい先日だからな」

　福本検事正は天井を見上げて言う。

「うまくいく時はこういうものか。宿敵の鎌形が出世コースから外れ都落ちしたとたん、慶事が連続するとは、天が俺の前途洋々たる未来を寿《ことほ》いでくれているようだぜ」

　死刑、無期懲役または三年以上の懲役、禁錮《きんこ》刑に値する必要的弁護事件は弁護人がいないと裁判を開けない、というのは些《さ》細《さい》な規則だが、世間の注目を浴びる事件では無視できない。このため氷室が国選弁護人を拒否し続けていたのは、公判を先延ばしする姑《こ》息《そく》な手段ではないかという憶測も検察内では囁《ささや》かれていた。

　ただしそれは、氷室に対する起訴の基本方針を決めかねていた検察にとっても好都合だったので、見て見ぬ振りをしていたのではあるが……。

日高弁護人のアドバイスで氷室を三件の殺人容疑で起訴できる目処《めど》がついた。すると、盆と正月が一遍に来た、という福本検事正の言葉は決して浮かれすぎではない。

「ですが、あの弁護士を紹介してきたのが厚労省の火喰い鳥だというのが、どうにも引っかかっておりまして」と斑鳩警視正は恐る恐る言う。

モアイとも揶揄《やゆ》される福本検事正は、笑みを引っこめ表情を引き締めた。

「あのすっとこどっこいが、我々のメリットになるようなことをするのか。てっきり仲介者はわが帝華大出身のキャリアでリスク回避の達人、『無味無臭、無為徒食』が座右の銘という八神課長だと思っていたが。言われてみれば過激でドラスティックな提案はミスター厚労省より、窓際のアホウドリの方がしっくりくるがな」

「更に普段白鳥技官がツルんでいる加納《かのう》警視正にではなく、反目している私に紹介してきたのも不自然です」

説明して斑鳩警視正は、自分の中に渦巻いていた疑念が、結晶化したのを感じた。

そうだ、白鳥技官が本気で彼の提案を実現しようと考えていたら、加納警視正と鎌形検事正の組み合わせをチョイスしたはずだ。

そんな斑鳩警視正の疑念を吹き飛ばすように、福本検事正は陽気に笑う。

「はっはっは、深読みする必要はない。所詮《しょせん》はヤツも官僚機構の一員にすぎなかったんだ。この話には東京地検内部の協力者が必要だが、加納は検察庁には伝手《つて》がない。

つまりあのアホウドリは電子猟犬《デジタル・ハウンドドッグ》ではなく無声狂犬《サイレント・マッドドッグ》を相棒に選ばざるを得なかったのだよ、斑鳩クン」

そんな単純な話だろうか。だがその説明は説得力があり、斑鳩警視正にしては珍しく、福本検事正の論に従ってみる気になった。

窓の外では、強い風が吹き荒れているようだが、部屋の中は穏やかで、ぬるい銭湯の湯のように心地がよかった。

10　空蝉

2008年7月17日（木）　東京・墨江

衝撃の霞が関周遊訪問から一週間後。

私は東京メトロで二十三区と千葉県の境にある墨江《すみえ》駅に向かっていた。

駅に直結する商店街は廃れていて、半分はシャッターが下りている。

駅前のファミレス『カッコーズ』に入り呼び鈴を鳴らすと、メイド風の制服姿のウエイトレスが現れた。あまり若くない女性が着ると、違和感がある。店内を見回すと、銀縁眼鏡の男性が、一心にノートパソコンに打ち込みをしていた。

イヤホンをしている彼は身体をリズミカルに揺すっている。

がら空きの店内でまっすぐ男性の席に向かい、真向かいに座る。怪訝《けげん》そうに顔を上げた男性が私を見る。ウエイトレスに、ドリンクバーをオーダーすると、セルフサービスです、と言って下がった。

銀縁眼鏡の男性はイヤホンを外し、「どちらさまですか」と訊ねた。

私は名刺を出した。ちらりと見た男性は続けて訊ねる。

「弁護士さんが、僕に何の用ですか」

「実は私、バチスタ事件の被疑者の国選弁護人に選任されまして」

顔を上げた男性は、しばらく私の顔を凝視していたが、やがていくつかキーボードを叩《たた》くと、ぱたん、とノートパソコンを閉じた。

「それで、そんな弁護士さんが、どうしてここに？」

「実は今回の弁護にあたりまして彦根《ひこね》先生に相談するといい、と紹介いただきまして」

「へえ、そんな奇特なアドバイスをするなんて誰だろう。まあ、心当たりは二人いて、どちらの可能性も同じくらい高いんですけどね」

男性の名は彦根新吾《しんご》。ここから徒歩二十分の房総《ぼうそう》救命救急センターの診断科に所属する病理医だ。たぶんこのファミレスにいるから、病院に行く前に寄ってみるといいよ、と教えてくれたのは白鳥技官だ。半信半疑だったが、その通りの恰好《かっこう》で言ったような席に座っていたので一発でわかった。初対面の彦根に、病理医という仕事はよく知らない、とカミングアウトすると、彦根は微笑する。

「でしょうね。病理医は患者と対面する機会はほとんどありませんが、きちんとした治療を実施するには必須《ひっす》の存在です。病理解剖は業務のひとつです。まあ、その時は患者はお亡くなりになっているから話はできないんですけどね」

実に手際のよい説明だ。だがそんな重要な役割を果たしている医師が、平日の昼下がりに場末のファミレスで過ごしているという状況は解せない。

「僕をこの件であなたに紹介するであろう人物の心当たりは二人。当事者の氷室さんは面識がないのでもちろん違う。すると東城大の田口先生か、厚生労働省の白鳥技官のどちらかですが、偶然この二人とはどちらとも最近お目に掛かったばかりで、両方可能性がある。でもどちらの紹介かによって僕の対応は百八十度真逆になります。ですので紹介者が誰か、というのはきわめて重要な情報なんですが……」

その先は私にも簡単に推測できる。田口医師の紹介なら協力的、白鳥技官からの紹介なら非協力的に決まっている。急いで返事をしようとした私を制し、彦根は言う。

「と、ここまで話せば賢い人なら田口先生からの紹介だと答えるでしょう。つまり僕がそれを当てて推量したところで真相に到達できる可能性はゼロ。僕はあなたに友好的に協力するしかないのです」

勝手に完結させた頭の回転の速さは白鳥技官に匹敵する。彦根は呟《つぶや》くように言う。

「しかしここにきていろいろな事象が一斉に動き始めたな。まさかバチスタ事件にまで、天文の動きが波及するとは思わなかった。ところでお見受けしたところ日高先生はお若いようですが、弁護士のキャリアはどれくらいですか」

「年は三十代後半ですが、今春弁護士になったばかりで、本件が最初の担当弁護です」

「それは大変なデビューですね。そうであれば現在の司法と医療を取り巻く状況については詳しくなさそうですね」

私は素直にうなずく。彦根は続ける。

「裁判とは情報戦です。事件捜査において攻撃側の検察は圧倒的に有利な立場にあり、しかも悪意に溢《あふ》れている。今のうちに基本原則を打ち立て、司法と医療の境界線をきっちり引かないと、医療は司法に喰《く》い殺されてしまいます。たとえば医師法二十一条の恣意的《しいてき》な拡大適用など、問題は山積です。そもそも実状からかけ離れた法律を経過も死因も熟知する医療関連死に杓子《しゃくし》定規に適用するのは『刑は謙抑的に使うべし』という遵法精神とは乖離《かいり》しています」

「刑法の大家、日野《ひの》先生の名著『基本刑法入門』の引用ですね」

彦根は、ほう、と目を見開いた。

「勉強されていますね。それなら少し詳しく説明します。僕は現行の死因究明制度に

Ａｉ（死亡時画像診断）という検査システムを導入することを目指しています。死亡時の医学情報を得る標準検査は現在解剖だけですが、実施率は二パーセント台で崩壊しています。なのに今官僚が作ろうとしている医療事故調なるシステムは、その解剖を土台にしようというんですから、非現実的なこと甚だしいのです」

「バチスタ事件もＡｉがなかったら解明できなかったとお聞きしましたが」

「おっしゃる通りです。僕が目指す理想の地は、医療と司法の完全分離が達成された社会なのです」

途方もない話に茫然《ぼうぜん》とした。それは一勤務医が考える範疇《はんちゅう》をはるかに逸脱している。

「でも、司法と医療は分離されてますよね」と指摘すると彦根は首を左右に振る。

「とんでもない。司法は医療を支配しようとしているんです。もともと司法と医療は別物ですが、無関係には存在できない。どちらも人間社会における本質的な構成要素で、システムの独立性は担保されています。でも狭い領域で重なり、互いの生存権をかけてぶつかり合っています。その領域のひとつが死亡時医学検査で、具体的には解剖をめぐる姿勢に表れます。現状の司法の濁りはあまりに酷《ひど》い。社会正義の名の下に司法が守ろうとしているのはひとびとの幸福ではなく、自らのシステムの整合性と飽くなき拡張原則なんです」

何を言っているのか全く理解できない。そんな私の表情を見て彦根は笑う。

「氷室さんの弁護に対するアドバイスをご所望でしたね。結論から言えばそんな忠告、僕にはできません。生き延びることを拒否している被疑者を弁護するのは論理上不可能です。すると日高さんに課せられたミッションは、まさに司法と医療の闘争で司法に一撃を加えるということです。そうでなければあなたが氷室さんの弁護人になった意義はありません。氷室さんを有罪にするのは検察の仕事で、氷室さんは自分の延命は考えていない。するとあなたがなすべきは、氷室さんが破壊した医療を弁護の過程で修復することです。それは最終的には司法ではなく、医療現場がイニシアチブを取る医療事故調の構築になるわけです」

その言葉は、私に一条の光を投げかけた。さすが「ひねくれ彦根」と呼ばれるだけのことはあって、へそ曲がりの私とは相性がよさそうだ。

「具体的に、私はどう動けばいいのでしょうか」

「取りあえずAiに対する社会の姿勢を、市民社会の利益になるよう設定することです。でも警察庁や検察庁のお歴々は妨害します。彼らはAi情報を公開せず検察や警察に都合よく使い回そうとする。僕は悪意ある連中の意図を阻止するため先回りし、猛獣を檻《おり》に追い込む。でも司法を司《つかさど》る傲岸不遜《ごうがんふそん》な連中は、自分たちに不都合になるとその度に卓袱台《ちゃぶだい》返しをする。すると僕は一から積み木の塔を作り直す。それは有志の協力が多ければ多いほど、迅速で簡単になる。今はスピード勝負のフェーズですので、日高さんのご協力を得られることは、大変な助力になります」

　話はほとんどわからないが客観的医学情報のＡｉの情報をオープン・リソースにして圧倒的情報強者の検察に対抗しようという基本方針は理解した。それはスプリング8の解析情報を検察の司法事故を矯正するために使いたいという私の戦略と構造的に同じだった。

「何となく理解できますが、中央から離れたこんな場所で、中央のシステムに干渉するなんて、できるんですか？」と私が指摘すると、彦根はにっと笑った。

「中央から離れた僻地《へきち》だからこそ可能なんです。意図遂行のため極力ムダを排したら、僕は空蟬《うつせみ》になり、自分の意図を純化し意志だけの存在になった。『ひねくれ彦根』と人は僕を呼びますが、それこそが大いなる虚妄です。僕がこんな状態になったのは、自分の企図の最大限かつ最速の具現化のためのメタモルフォーゼの結果なんです」

　常人の私には理解不能で完全な置いてきぼりを食らうが、ひとつ確信した。私は彦根のジョーカーになるかもしれない。ただしジョーカー自身は自分がどんな使われ方をするか、想像できない。加えて曲者《くせもの》揃いの東城大の面々とはうまくやっていけそうに思えた。この曲者連中はみんな、自分だけはまともだと思っている節がある。

　彼らの芯《しん》に息づいていたのは彼らなりの『正義』だった。

　こうなると曲者の親玉、高階病院長にも、一度お目に掛かってみたくなった。

そんな思いを抱きながら私は彦根に別れを告げた。立ち去り際振り返ると、彦根がシルバーのイヤホンを耳にはめ、音楽の花園に沈んでいくのが見えた。

＊

面会希望用紙に八月一日という日付を書いて、前回の接見から一ヵ月しか経っていないことに驚く。何といろいろなことが起こった一ヵ月だったことだろう。

私は氷室に、桜宮行きの報告をした。田口医師と藤原看護師の会話は想定内だったようだが、それでも楽しそうに耳を傾けていた。

「さて、次はいよいよ白鳥さんとの面談についてですね。あの暴走官僚は、僕の弁護人を、どんな極致に連れて行ったのかな」

私は白鳥技官の発言と、彼が紹介してくれた最強の敵、そして最悪の味方との面会について語った。一通り私の話を聞いた氷室は、うっすらと笑う。

「やはり白鳥さんの行動は想定外です。この短期間にそこまで進展するなんてさすがに想像もしませんでした。事前に先生に方針をレクチャーしておいて本当によかった」

同感だ。裁判で自分に不利になるような提案を、弁護人が検察に直接したという事実を伝えても、氷室が平然としているのは当然だ。氷室が罪を犯したことはスプリング8で遺灰を微量元素解析し、オペ室の麻酔領域でしか使われない成分が検出されれば証明できるという、被疑者に不利益な事実を捜査当局に伝えたのは、弁護人としてあるまじきことだ。だから警視正も検事正も、私の提案には半信半疑だったのだ。

　だが私は弁護士倫理にひとかけらも背いてはいなかった。私にそのアイディアを提供したのは誰あろう、目の前の氷室本人だったのだから。

　前回の接見時に、その提案を聞かされた時の衝撃は、今も忘れられない。

「私は、できるだけ有利な判決を勝ち取りたいのです」

　私が訴えると、氷室は相変わらず冷静に応じた。

「それは無駄だし、やめた方がいいですよ」

「今の社会システムは悪人すら断罪せずに生かそうとします。もちろん改心させ更生してもらうのが前提ですが。私はそんな司法の根幹に忠実でありたいのです」

「『正義先生』のお気持ちはわかります。でもその考えは間違いです。世界はもっと単純で強者は生き延び弱者は食い殺されるだけ。世界は太古の昔より、弱肉強食という食物連鎖の原理の上に構築されているんです」

「それなら私は、弱者の味方でありたいです」

「カッコよさげなことをおっしゃいますが、僕の目から見れば所詮《しょせん》は弱者連合、弱者は群れて天敵から身を守る、という処世術にすぎません」

かちんときた私は、思わず言った。

「それは結局あなたが、安全地帯から傍観しているから言えることです。あなたに死刑が求刑されることはないでしょう。司法の場では一人しか殺害していないことになるんですから」

「僕が死なないということを担保に勇ましいことを口走っている、とでも？」

氷室は細い目を更に細める。薄く赤い唇がぱかっと割れ、大口を開けた。

私は一瞬、何が起こったのか理解できずにいた。

次の瞬間、冷水を浴びせられたような気分になった。

氷室は、声も出さずに笑っていたのだ。

「そんな風に言われたら、とっておきの情報をお伝えするしかなさそうですね。この証拠があれば僕を死刑にできますよ」

そうして提示されたのがスプリング8による遺灰の解析だったのだ。

一通り説明を終えた氷室は、更に続けた。

「チャンスがあったらこのことを僕の起訴を躊躇《ためら》っているぼんくら検察に教えてあげるといいでしょう。そうしたら連中は飛び上がって喜びますよ。そしてこの証拠を検察が採用し僕の事件を立件したら、その論法を『冤罪《えんざい》友の会』の芋煮事件に適用すればいいんです」

茫然《ぼうぜん》とした。確かにそれは見事な一手だった。だが……。

——コイツは狂っている。

「自分に不利益になるようなことを検察に告げろだなどと弁護人に言うなんて、信じられません。それは自殺行為です。そんなことをして、あなたにはどんなメリットがあるんですか」

自分でも言っていることが支離滅裂だ、と思う。だが氷室の言葉を聞いて真っ先に抱いた正直な気持ちだった。逆ギレして問いただす私に、氷室はあっさり答えた。

「だから何度も言っているのに。僕は助かりたいと思っていないんです。ただ、あるがままにいるだけ。天が必要だと思えば僕は死ぬ。僕はずっとそうやって生きてきた。そうして今もこうして生き延びている。つまり……」

氷室の薄くて赤い唇が、再び大きく開く。

「僕が生きているのは、天意なのです」

その瞬間、私は悟った。それは長年、私が悩み続け、追い求めてきた答えだった。

天意に、正義はない。

その時から私は、氷室の忠実な使徒になろうと決意した。

そして天意に導かれるまま、最強の敵に強力な武具を手渡したのだった。

その結末がどこを目指しているのか、想像もせずに。

11　蹉《さ》跌《てつ》

２００８年９月22日（月）　北海道・極北羅堂

八月三十日、小学生の夏休みが終わる直前のその日。

その朝、事務所で書類整理をしていると、ふらりと鹿野先生が入ってきた。

「この記事を読んだかね」と渡された新聞の紙面を見て、手が震えた。

さくら新聞の三面の小さな見出しに『バチスタ裁判、開始か』とあった。

「東城大医学部付属病院の心臓外科手術連続術中死事件で逮捕された医師に対する公判が、年内に開始される見込みとなった。東城大医学部は、『謹んでご遺族にお詫《わ》び申し上げ、公判の成り行きを真摯《しんし》に見守りたい』という高階病院長の談話を発表した。註《ちゅう》・本紙では被疑者の医師が精神鑑定中であるため、人権に配慮し匿名報道とさせていただいております。」

鹿野先生がテレビを点《つ》けると朝の情報番組で特別ニュースが流れている。

『バチスタ裁判開始』という文字が画面に躍っている。二ヵ月ほど前に訪問した病院の前庭の光景が映っている。ひどく遠い昔のことのようで、現実感がなかった。

「事件の舞台、東城大学医学部付属病院では今日も、外来患者が列をなしています。昨日東城大病院の心臓外科手術連続術中死事件の公判の年内開始という一報が流れ、大学病院の高階病院長が以下の公式コメントを発表しています。謹んでご遺族にお詫び申し上げ、公判を真摯に見守りたいとのことです。そもそも事件の発端は……」

　興奮したレポーターの声が耳障りだ。田口先生や藤原看護師は、どんな気持ちでこの報道を見ているのだろう。鹿野先生がぽつんと言う。

「国選弁護人の日高君が知らないということは、検察の観測気球かな。だがこのタイミングで公判開始という、一足飛びの報道がされたことは、少なくとも膠着《こうちゃく》していた取り調べに何らかの進展があったということで、検察が起訴するのは確実だ。残る問題は、手堅く一人の殺害で起訴するのか、向こうを張って三人の殺害で起訴するのか、だ。それによって日高君の弁護の方針も大きく変わるだろう」

　テレビ画面に逮捕時の氷室の横顔がスローモーションで流れている。拘置所での面会時と変わらない平静な表情だ。この報道がされた時点で私は、検察が三人の殺害容疑で氷室を起訴することを固めたのだと理解した。物証を被疑者自ら検察に提供したのだから当然の帰結だ。だが鹿野先生の呟《つぶや》きが気になった。

「それにしてもこのタイミングで観測気球を揚げる理由は、よくわからんな。検察は絶対にムダなメディア操作はしない。何か別の裏でもあるのかな」

バチスタ事件以上の事件がそうあるようには思えなかったので、私は鹿野先生の呟きを聞き流した。だがさすが経験豊富で有能な弁護士だけあって鹿野先生の予測は正しかった。それから三週間後、さくら新聞が再び驚くべきニュースを報じた。

「『妊婦出産時死亡医療事故で産婦人科医逮捕（九月二十日さくら新聞・北海道支局）』

極北《きょくほく》市民病院で妊婦が出産時に急死した事件で、遺族の告発を受け極北署は強制捜査を実施、同日極北市民病院産婦人科部長・三枝久広《さえぐさひさひろ》を業務上過失致死、並びに医師法二十一条届出義務違反の容疑で逮捕、勾留《こうりゅう》し、取り調べを行なっている。警察庁は今後も医療事故問題について社会要請を受け、誠実に対応していくと表明した。」

記事を読んだ鹿野先生は立ち上がった。

「日高君、バチスタ裁判が始まろうかというところ、申し訳ないが私の仕事を手伝ってもらいたい」

急にしゃんとした鹿野先生を見て驚きながらも私は即答した。

「もちろんです。何なりとおっしゃってください」

「ありがとう。では極北に飛び、この医師の弁護人になってほしい。ただし実際の弁護は私がやる。それでも構わないかい？」

「私は先生のご指示に従いますが、先方から依頼がないのに弁護人になれますか？」

「それも含め現地の状況を調べてほしい。特に極北市当局の方針を知りたい。担当者に責任感があれば医師に顧問弁護士を斡旋《あっせん》するだろうが、極北市は財政難で危機的状況にある。するとこの裁判に手が回らない状況かもしれない。その場合、この医師は見捨てられてしまう。その時は私が弁護人を買って出る」

「わかりました。明後日《あさって》の月曜朝一番で現地に飛び、状況を調べてきます」

私は部屋の片隅にあった鞄《かばん》を手にすると、事務所を飛び出した。

急展開を見せつつあるバチスタ事件は、いつ何があってもおかしくない。それに備えて私はこの三週間、多方面に働きかけてきた。氷室との接見もしたがもともと起訴に持っていこうとした仕掛け人なので、今さら改めて相談すべきことはない。

こうした状況になって初めて私は、一連の報道が、氷室の戦略の帰結であることを鹿野先生に報告した。

鹿野先生は直ちに『冤罪被害者を救う会』の久馬団長夫妻に伝えるよう指示した。

言われてみれば確かにそれは早い方がよかった。

『冤罪被害者を救う会』の会合はしばらく開かれていなかった。再審請求の理由としてスプリング8の解析結果を物的証拠として提出したのに反応がない以上、会合を開く意味がなかったからだ。逆に反応があったら直ちに会合を開く準備はしていた。

私が久馬夫妻に氷室ロジックを教えると、百戦錬磨の二人もさすがに茫然とした。

「確かに、あたしたちの活動には有難い掩護《えんご》射撃だけど」と篤子が言う。

「でもそんなことをして、被告人に何のメリットがあるの？」

「それはごもっともな疑問で、実は私も同じ問いかけをしたんですが、その答えには未《いま》だに納得できていないんです」

「常人じゃないからあんな罪を犯したわけで、常識人のあたしたちが自分たちの枠組みで理解しようというのがそもそも無理なのよね」

常識人というには、あなたもあまりに非常識な弁護方針をお持ちでは、と混ぜ返そうかと思ったがやめた。いずれにしても氷室が起訴された時の内容を精査し、スプリング8の解析結果の使い方を確認できたら即座に『冤罪被害者を救う会』の会合を開き、提出したデータの新たな説明文を作成するという方針が決定された。

私が極北に飛んでいる間に氷室の事件で何らかの進展があったら、鹿野先生と久馬夫妻が協力して対応してくださることにもなった。これなら百人力だ。


九月二十二日、月曜の朝一番で事務所を出た私は、昼過ぎには新千歳《しんちとせ》空港に着いた。まず極北市役所に向かった。単線の終着駅、極北羅《ら》堂《どう》駅に到着した単行車両を降りると、緑の深さが目に染みた。午後も遅い時刻で北国の陽射しは弱い。

無人駅の駅舎に立つ羆《ひぐま》の剥製《はくせい》は、手入れが悪いのか、薄汚れて見えた。

駅前広場のコンビニでおにぎりを買って、歩き食いをしながら市役所に向かう。『ファーノース・ホテル』という、硝子《ガラス》細工の外観の小《こ》洒落《じゃれ》たシティ・ホテルを通り過ぎると、赤錆《あかさび》の浮いたスキーリフトの鉄塔が並んでいる。遠目に見える、古ぼけた観覧車は回転を止めていた。

人口十万の極北市は観光誘致に失敗し「赤字五ツ星」という過剰投資のハコモノを抱えている、財政破《は》綻《たん》候補ナンバーワンの地方都市だ。その赤字の星のひとつが極北市民病院だという。

私は飛行機待ちのロビーでネット検索し、極北市に関する基礎情報を得ていた。

市役所には報道陣がうろついている。私は役人らしき中年男性に用件を告げた。話しながらも彼の鼻の頭の赤さばかりが気になる。市役所市民安全課の加《か》藤《とう》課長は、訪問意図を話すと苛立《いらだ》たしそうに答える。

「今はそんなことお答えできるわけないのっす。でも念のため言っておくのっすが、顧問弁護士の島田《しまだ》先生に弁護を依頼するつもりっすから、弁護士の押し売りは無用なのっす。島田先生は極北の不沈艦と呼ばれる腕利きなのっすから」

邪険に扱われたが最低限の情報は聞き出せた。今のところ鹿野先生の出番はなさそうだ。だがせっかくなので極北市民病院を覗《のぞ》いてみた。市民病院は市役所のほぼ真向かいにあったからだ。

当然市民病院は市役所以上に混乱していた。院長に面会を求めたが不在だという。

朴訥《ぼくとつ》な若い巨漢医師が応対しているが、記者にもみくちゃにされ話はできそうにない。ここに弁護士だと言って割り込んだら混乱に拍車を掛けそうなので話は諦《あきら》めた。

待合室で順番待ちをしているお年寄りに、逮捕された医師の評判を聞いたら皆、手放しで褒め、逮捕には心の底から憤っていた。それだけわかれば上々だ。これ以上ここにいても今は何もできなさそうなので、とんぼ返りで帰京することにした。

今から戻れば羽田《はねだ》への最終便に間に合う。仮に飛行機が取れなくても、札幌《さっぽろ》なら宿探しが簡単だ。私は急ぎ足で、混乱渦巻く極北市を後にした。

12　孤高

２００８年10月3日（金）　霞が関・中央合同庁舎第6号館

翌朝一番で事務所に顔を出した私を待っていたのは、氷室に対する起訴状だった。

検察はスプリング8の解析結果を起訴状に記載していなかった。すると一人の殺害容疑で起訴したのか、と思いつつページをめくり驚愕《きょうがく》する。

検察は三人の殺害容疑で氷室を起訴していた。そんなことはあってはならない、いや、そうならないでほしいと願っていたのだが。

検察は青葉川芋煮会集団中毒事件での自分たちの失態を隠し通そうとしている。

市民団体を母体とした『冤罪《えんざい》被害者を救う会』がデータを物証に再審請求をしたが、元データは検察が所持している。証拠として提出したにも拘《かか》わらず詳細なデータ開示請求には応じない。そこへ私が、スプリング8のデータを使えば氷室を三人殺害の容疑者として立件できると提案し、検察は氷室を三件の殺人容疑で起訴した。だが証拠としてスプリング8のデータは採用されていない。このことが意味するのは、検察は物証なき起訴という、越えてはならない一線を越えようとしているということだ。

もし弁護人の私が他の二件の殺害について物証がないと追及したら、一体どのように対応するつもりなのか。緻密《ちみつ》な冷血マシン斑鳩警視正と、陽気で感情垂れ流しの福本検事正のペアの顔が浮かぶ。

そんな中、三日後の九月二十六日に重大ニュースが流れた。

極北市が財政再建団体に指定された。簡単に言えば地方自治体が倒産したのだ。

「極北市も大変だ。先日逮捕された妊産婦死亡事件の被疑者の部長の弁護が必要になるから、私の出番は近いかもしれないね」

鹿野先生が朝の情報番組を見ながら言った。

「でもあの事件は市役所が市の顧問弁護士に弁護を依頼すると言っていましたが」

「通常の状態ならそうだろう。だが極北市が倒産した非常事態の今、そんな枝葉末節に気が回る人はいないかもしれない。かといって今すぐ三枝医師に弁護を申し出たくても、彼と接触する術《すべ》はない。彼の方から要望を出してもらわないと接見できないし、検察にそんなことを被疑者に教えようという親切心もないだろう。むしろ逮捕され混乱しているどさくさに紛れて、起訴に有利な自白を引き出そうとするだろう」

「それじゃあ八方塞《はっぽうふさ》がりでお手上げじゃないですか」

「諦めるのは早い。この間、日高君に極北に行ってもらってよかった。現地の空気を知りいくつか手が浮かんだ。ただ、今は本件に対する情報を集めることが先決だ。それには被疑者に弁護人として選任してもらうしかないんだが、ここが難題でね」

　これでは堂々巡りだ。一週間、私は呻吟《しんぎん》し、突然、閃《ひらめ》きが降臨した。

切羽詰まったどん詰まりに投入すべきは、掟破《おきてやぶ》りの異形の才覚だ。

蛇の道は蛇という。そう思いつつ太った蛇は幻のツチノコだっけ、と私は脱線してしまう。どうもあの人のことを思うと、思念の磁場に狂いが生じてしまう。

　私は、白鳥技官に面会する絶好の口実を思い出す。

——何か進展があったら『アズ・スーン・アズ・ポッシブル』で教えてね。

うっかり忘れていたが、氷室の起訴はまさに進展以外の何物でもない。アポを取るため連絡すると、電話はあちこちをたらい回しされた。かれこれ五分後、ようやくスカイレストランにつながった。なんとあそこは白鳥技官の本拠地だったのだ。

電話口で事情を説明しようとした私の言葉を遮り、技官はいきなり罵声《ばせい》を浴びせた。

「何をグズグズしてたんだ。進展があったら『アズ・スーン・アズ・ポッシブル』で教えろって言っただろ。あ、もしかして英語がわからなかったのか。日本語訳すると『可及的速やかに、できるだけ迅速に、これ以上ない超特急で』という意味だよ」

訳文をそのまま入試の解答に書いたら間違いなく不合格だと思いつつ、私が口を挟む隙もなく一時間後のアポになった。ここから霞が関までは電車で一時間弱で着く。

つまりほぼギリギリでかつ最速のアポだ。

私は鹿野先生への報告もそこそこに、鞄《かばん》を引っ摑《つか》み事務所を飛び出した。

「田口センセといい正義センセといい、なんで僕の弟子はトロいヤツばっかなんだ。そうかと思えば思うままにならないようなヤツに限って異様に手回しがいいし……」

白鳥技官は一気にまくしたてた。一体いつ、私はこの人に弟子入りしたのだろうと、過去のやり取りを思い返していると、やってきたウエイトレスに言う。

「今日はクリームソーダ。アイスクリームの大盛り。でもってこの人にツケて」

ご馳走《ちそう》するのは吝《やぶさ》かでないし、もともと今日はそのつもりだったが、なぜこんなにムカつくのか。どうせなら別宮記者のようなスマートな奢《おご》られ方を学んでほしい。

　クリームソーダというより大盛りアイスクリームのソーダ掛け、と表現した方が正しいと思われる品が運ばれてきた。私が頼んだホットコーヒーが異様に貧相に見える。白鳥技官はスプーンでアイスクリームを掬《すく》いながら、怒濤《どとう》の如く喋《しゃべ》り始める。

「当然、氷室事件の相談だよね。警察庁にいるぼくの手先の加納ってヤツに聞いたけど、何ともドジなやり方をしたもんだ。検察にあんな提案をしたら、こうなるのは目に見えていたよ。だから恥ずかしくて僕に報告できなかったんでしょ」

　単に失念していただけだ。被疑者が何とかしてほしいと必死だったら私も懸命に抜け道を考え、白鳥技官へのコンサルトという非常手段を思いついたかもしれない。

　だが私の依頼人はそんな意欲が皆無だから、切迫感がない。むしろ私の気がかりは、青葉川芋煮会集団中毒事件の方なので、一層白鳥技官の存在は希薄になっていた。

　だが検察が私に対し不実な対応をした今、これは私自身の闘争になった。

「で、この先の展開をシミュレーションしてみた？」

「ええ。検察は私が、発覚した一件以外の二件には物証がない、と申し立てることは重々承知のはずです。なのに三件の殺人で起訴した意図が理解できないのです」

「『正義』って名前だけあって融通が利かない人だね。悪辣《あくらつ》で自己中の検察があんたの提案を聞いてほくそ笑んだ様が目に浮かぶよ。あ、でも斑鳩警視正はほくそ笑むなんて絶対しないからその分、浮かれ検事正の福本さんがはしゃいだんだろうね」

隠しカメラを仕込んであるかのように白鳥技官の情景描写は詳細かつ的確だった。

この人が霞が関で超絶鼻つまみ者なのが理解できる。そういえば帰り際斑鳩警視正が「無能に敵なし、有能に敵ばかり」と呟《つぶや》いたのを思い出す。

「こうなってしまったら、しょうがないから僕も全面協力するしかないな。タッグを組んで悪の権化、やりたい放題の検察にひと泡吹かせてやろう」

「検察を悪の権化と言うのは、さすがにいかがなものかと……」

「ここまで来てまだそんなことを言うの？　今の検察は悪代官が牛耳る奉行所さ。奉行所は悪くない。でもいつの世にも悪代官がいて、そいつがのさばれば奉行所は悪くなる。検察も同じ。良心的な検察官も大勢いる。むしろ圧倒的多数だ。でも善は弱者、悪は絶対的な強者だから悪者に権力を握らせまいと多数決が原則の衆愚的な民主主義ができた。なのに愚《ぐ》昧《まい》な大衆はものごとを正しく判断せず、親切そうで声が大きいおバカにすべてを任せてしまう。そうしてできた奇形児が現在の検察さ。だから検察を『悪の権化』とか『悪の巣窟《そうくつ》』と呼んでも構わないよ。僕が許可するからね」

あんたに許可されてもなあ、と思いつつ、白鳥技官くらい明快に正論をぶちかませたら、さぞ気分がいいだろうなあ、などと妙に心が揺らぐ。

白鳥技官は頬にアイスクリームをつけて、スプーンを振り上げまくしたてる。

私は飛んでくるクリームの飛《ひ》沫《まつ》を避《よ》けながら、ご高説を傾聴する。

「で、あんたが正義感に燃えて検察の問題を指摘し、起訴に足る物証を提示せよと迫る。そこであんたが教えてあげたスプリング8のデータを持ち出したら、それを青葉川芋煮会集団中毒事件の再審請求と絡めてあちらを推し進めようという魂胆なんだろうけど、そんな姑息《こそく》な作戦は徒労に終わるね。検察の悪代官連中はこう言うだろう。『物証はあるが事情があり開示できない』。そこをあえて提出せよなんて言う気概ある裁判官に当たればラッキーだけど、それは砂浜で砂金を探すようなもんさ」

「そんなバカなことは絶対ありません。そんな論理を許容したら、裁判は捏造《ねつぞう》のやりたい放題になってしまいます」と私が言うと、白鳥技官は呆《あき》れ顔で応じた。

「正義センセもそろそろ刑事裁判の実情を理解しないとこの先苦労するよ。そもそも検察は被告人がシロを示唆する証拠は開示せず、被告人をクロにするのに好都合な情報だけ開示する不適切な体質で、情報化社会における不適合者なんだ。検察は有罪率九十九・九パーセントだなんて威張っているけど、その数字こそまさしく検察が不当な手法で起訴している証拠だよ。現代の独裁国家の将軍様とか大統領殿の選挙は百パーセントの得票率だけど、まともな民主国家ならそんなことは百パーセントあり得ない。そんな数字を誇りにする時代遅れで視野狭窄《きょうさく》、唯我独尊の検察が、あんたみたいな情報提供をされたら、どんな対応をするかなんて簡単に想像できるでしょ」

白鳥技官が示す暗黒未来がビビッドに浮かび、何も言い返せない。しかもそんな検察の傲慢《ごうまん》体質は別角度から、温厚なもの言いで鹿野先生から散々教えられていた。

「つまり氷室さんの弁護は何をしてもムダ、なんでしょうか」

「そだよ。ヤツも刑を軽くしてほしいなんて頼んでないんでしょ。だから正義センセは気にすることはないんだ。あ、案外、氷室自身が検察に証拠をリークしろと指図してたりして」

さすがにこの指摘には魂消《たまげ》た。まさかこの驚天動地の真相をこんなあっさり見抜く人がこの世にいるなんて、思いもしなかった。だが氷室事件に関してはもはや手の打ちようがないことを、霞が関が誇るロジカル・モンスターに保証してもらった以上、聞くことはなくなった。義務的な報告も済んだことだし、私は本題に入る。

「実は今日伺ったのはそれと別件で、ご相談がありまして」

「ふうん。クリームソーダだけじゃなくてフルーツパフェまで奢ってくれるの？」

フルーツパフェ程度は構わないが、アイスクリームの小山のようなクリームソーダを平らげた後でクリームたっぷりのパフェに行けるという胃袋と精神力が恐ろしい。

白鳥技官はパフェを注文せず、私に先を話すよう、促した。

「ご相談したいのは妊産婦死亡事件で極北市民病院の産婦人科部長が逮捕された一件です。鹿野が弁護を引き受けたいのですが、どうやって被疑者に持ちかければいいか難渋してまして」

その途端、白鳥技官は、パンと両手を打った。その音はスカイレストラン全体に響き渡り、ちらほらいた客がこちらを怪訝《けげん》そうに振り向いた。

「うはあ、棚からぼた餅《もち》とはこのことだね。実はこちらから鹿野センセにお願いしたいと思っていた矢先だったんだ。まさに飛んで火に入る夏の虫、だね」

「夏の虫が火に入ってしまったら、技官のお役に立てなくなるのでは？」

「ほんと、正義センセは四角四面だねえ。喩《たと》えに決まってるでしょ。ま、そんなことはどうでもいい。鹿野センセがその気になってくれたなら百人力だ。でも、ほんとにバタついてきたなあ。一昨日《おととい》、彦根の野郎が、僕が立ち上げた検討会を滅茶《めちゃ》苦茶にしてくれたせいでまた一からやり直しだし。賽《さい》の河原で小石を積んでいる気分だね」

白鳥技官は、分厚い報告書を私に投げ渡した。

「特別サービスで正義の味方クンにあげるから鹿野センセに解読してもらいなよ」

表紙に『10月1日　第5回・医療事故調・創設検討会』とあり余白に『破壊神降臨』と汚い字のメモ書きがある。ぱらぱらと議事録をめくると彦根という文字があちこちに見えた。

『医療という花に欲に塗《まみ》れた愚鈍な手で触るな』という口語調の彦根の言葉がメモされている。この手の報告書では滅多にないことだ。脳裏に、ファミレスのテーブルでイヤホンをしてキーボードを叩《たた》いている、銀縁眼鏡の男性の姿が浮かんだ。

　とらえどころのない彦根と、猪突《ちょとつ》猛進、目標しか目に入らない白鳥技官とは相性が悪そうだ。図らずも私が白鳥技官に同情心を抱いていると、技官は続けて言った。

「それじゃあ本題に入ろう。あんたにいい人を紹介してあげるよ」

　白鳥技官は私の手帳を奪い取ると、すらすらとメモを書き私に戻した。

「これは……本当にこのお二方に、私がお目に掛かるのですか」

「紹介するって言ってるのに、あんたの他に誰が会うのさ」

　白鳥技官に言われ私は心底震えた。ひとりは日本医師会会長。医療事故に関する刑事事件なので、こちらはまだ理解できるし、紹介されて訪ねても面会は可能だろう。だがもうお一方は……。

　山盛りアイスの皿の底に残ったアイスを綺麗《きれい》に舐《な》め取った白鳥技官は顔を上げた。

「あんたがビビる気持ちはわかる。仕方がないから弟子のため一肌脱ぐよ。そっちは今から僕が同行してあげる。さあ、すぐに出掛けよう」

「え？　アポを取らなくて大丈夫なんですか？」

「うん。今日在庁しているのは確認済み。でもって誰かとの面会予定もなさそうだ。あそこまで偉くなると案外、日中はヒマしてるから、たぶん大丈夫だよ」

　たぶんってあんた、検事総長は検察の中でトップの中のトップの雲上人だぞ。

　ついに死守してきた、白鳥技官に対する敬語遣いがぶっ壊れたのを感じた。

更に「弟子入りはしていない」と主張する機会を失ってしまった。

そんなことを言ったら、それなら一人で面会しなよ、と言われるに決まっている。

検事総長との面会に同伴してくれるなら弟子入りだって何だってする、と誰でも思うだろう。私は白鳥技官と連れ立って、第5号館二十六階のスカイレストランを退去して、第6号館の頂点へ向かった。

第6号館の受付を白鳥技官は身分証を見せて通り抜ける。彼の後について入ろうとした私は当然、呼び止められた。すかさず白鳥技官が言う。

「ああ、その人は検事総長の特別ルートの緊急面会人だよ」

受付係員が疑わしそうな目で白鳥技官を見るので、自分のネームプレートを見せびらかしながら、「疑うなら総長本人に確認してみてよ」と言う。受付係員は当然電話をすると、しきりにうなずきながら受話器を置き、不本意そうに言う。

「通っていいそうです」

「だから言ったのに。最初から僕を信用すれば余計な手間がかからなかったんだよ」

係員は当然の対応をしただけなのに、と気の毒に思っていると、中に入った白鳥技官は急に身をかがめて周囲を見回す。

「どうしたんですか」と訊《たず》ねると、人差し指を唇に当てて、しっ、と声を潜める。

「スパイに見つからないようにしないとね。浮かれ検事正の福本さんって、こういう時に妙に鼻が利くんだ。見つかったら全てオジャンだよ」

そんな偶然あるはずが、と言いかけた時、遠くから軽やかな靴音がした。

白鳥技官と私はトイレに入り身を潜める。その側をでかい身体で軽やかにスキップをしながら、福本検事正の馬面が鼻歌交じりで通り過ぎていく。

……マジか。

「だから言ったでしょ、油断ならない人だって」

私はこくこくうなずき、白鳥技官と共に上層階行きのエレベーターに乗り込む。最上階に到着すると、気のせいか空気が薄くなった感じがする。人の気配がない廊下を通り、白鳥技官は重厚な扉の前に立つと、ココンのコンと調子をつけてノックする。

「どうぞ」という声に、よいしょ、と声を掛け、白鳥技官は扉を押し開ける。

一瞬、突風にさらされた気がした。だがそれは気のせいだった。

部屋は静まり返り、黒檀《こくたん》の机に両手を組み、肘《ひじ》をついた小柄な男性が座っているのが見えた。窓は開いていないし、風も吹いていない。

「どうしてキミはいつも、事前にアポを取って来ないのかね」

渋めの低い声が、部屋に響く。

大声ではないが、響き渡るように感じるほど部屋は静かだ。

「南野《みなみの》さんは、どうせヒマしてたんでしょ」

「キミが来る時は、どういうわけか来客が途絶えているだけだ」

「ま、どうでもいいよ、そんなこと。それに正規に訪問手続きをしたら、僕が訪問したことがバレて、南野さんは貴重なたれ込み情報源をひとつ失うんだよ。それでいいなら、次からそうするけど」

南野検事総長は組んでいた指をほどき、腕組みをすると、苦々しい口調で言う。

「よかろう。で、今日の用件は何だ？」

「今日はなんと、検察改革の大ネタをお持ちしました」

南野検事総長は目を細めた。白鳥技官は私を振り返る。

「タイム・イズ・マネー、検事総長は日本一偉くて日本一ご多忙なお方なんだから、さっさと説明しなさいよ」

いきなり話を振られ卒倒しそうになりながらも、氷室事件と青葉川芋煮事件の概要と憂慮している事態について簡潔に説明した。白鳥技官に背中をどつかれたおかげだなんて絶対に思いたくないが、自分でも上出来の簡略さで説明することができた。

南野検事総長は黙って私の話を聞いていたが、私が話し終えると、吐息をついた。

「検察が事実を曲げ起訴を断行し、無辜《むこ》の民を断罪しようとしているのですね」

私の手短な概要説明を簡便かつ明瞭《めいりょう》に要約してくれた。たったこれだけの短い言葉に二つの裁判のすべての問題点が網羅されている。さすが検察庁のトップだ。

そんな検事総長に、恐れ知らずの白鳥技官は言う。

「うん、相変わらず要約の天才だけど、梯子《はしご》を外されそうな明君は、悪代官がのさばる奉行所をこれからどうするつもりなのかな。そこをはっきりさせてもらえないと、コッチも死を賭《と》して最上階に直訴しにきた甲斐《かい》がないんだけど」

死を賭して、なんて言うわりにエレベーターの中では鼻歌交じりだったぞ、と言いたくてむずむずした。だが当の南野検事総長は真顔で答える。

「もっともな指摘だが、今の私にはしばらく静観していてほしい、としか言えない」

「じゃあやっと黒原さんを放逐する気になったんだ。でもお公家《くげ》さまと言われて孤立している南野さんにやれるのかなあ、そんなこと」

「やらねば、検察が死ぬだけだ」と呟《つぶや》いた検事総長の言葉が、部屋に重々しく響く。

黒原検事正は東京地検特捜部のトップで、政権と結託し無理を押し通すという悪評がある。特に政治家絡みの受託収賄や選挙法違反の鉄板の案件を悉《ことごと》く不起訴の沼に沈めて、検察内部でも顰蹙《ひんしゅく》を買っている。白鳥技官が言う。

「ここで南野さんに頑張ってもらわないと日本は暗黒国家になっちゃうからね。黒原さんがゲスな出世亡者を固めて、南野さんに叛旗《はんき》を翻そうとしているというウワサもあるから、用心してよ。検察に大鉈《おおなた》を振るえるのは南野さんだけなんだからさ」

南野検事総長は黙り込む。白鳥技官は続ける。

「スプリング8にまつわる二件の事件は、検察の命運に係わる重要なものになると思うよ。それから、警察や検察が医療現場にちょっかいを出そうとしている、例の医療事故調もついでにストップしてほしいんだけど」

「手土産ひとつ持たずに要求ばかりとは、相変わらず図々《ずうずう》しいヤツだな」

白鳥技官はにへらと笑い、振り返る。そして私の肩を摑《つか》むと検事総長に向かって押し出した。

「手土産なら持ってきたよ。今の検察が忘れかけている『正義の味方クン』だよ。彼はバチスタ事件の被告人の国選弁護人で、この間不当逮捕され市民社会の医療破壊につながった極北市の医療過誤事件の弁護人も兼任する、僕の弟子さ。茶飲み話のお相手がいなくて淋《さび》しかったら、いつでも呼んであげて。いい話し相手になると思うよ」

私は口をぱくぱくさせるばかりで言葉が出てこない。そんな私をじっと見つめた南野検事総長は、口元をほころばせた。

「手土産は受け取った。いつか使わせてもらおう」

へらへらと笑っていた白鳥技官は急に真顔になると直立不動になり、敬礼した。

「南野検事総長、お気をつけて」

それから総長の返事を待たずに踵《きびす》を返し、部屋を出て行った。

私は白鳥技官の後を追い、部屋を出て行こうとして、扉を閉める直前、振り返ってぺこりと頭を下げる。

南野検事総長が小さくうなずいたのが見えた。直後、扉は音もなく閉まった。

「さっきのは一体どういうことですか。私はこれからどうすればいいんですか。検事総長はどんな大変な状況にあるんですか」

合同庁舎第6号館を出た途端ほっとした私は、雪解け水が一斉に流れ出すように、湧き出る疑問を立て続けに白鳥技官にぶつけた。

「うるさいなあ。さっき一緒にいただろ。あれで全てだよ。あんたがこれからやるのは二件の重大難事件の弁護だから、集中しなよ。ほら、次は何をするんだっけ？」

「ええと、日本医師会の会長との面談です」

「その通り。わかってるなら、さっさと行きなよ」

この足で日本医師会の会長に面会に行け、というのか。何という人使いの荒さ。いや、もともと私がアドバイスを求めたのだから、効率のよい指示だと評価した方が妥当なのか。

合同庁舎第2号館の前で白鳥技官と別れ、疲れ果てた足取りでとぼとぼとメトロの駅に向かう。後ろから白鳥技官の、元気な声が追いかけてくる。

「大丈夫。今度の案件はさっき渡した議事録を見せればフリーパスだから」

半信半疑の私は振り返ると、別れの手を振る白鳥技官に向かって、残った力を振り絞り、精一杯の愛想笑いをしてみせた。それは弟子としての最低限の振る舞いだろう。


驚いたことに日本医師会は本当にフリーパスだった。白鳥技官が一報を入れてくれたらしく医師会会長との面談こそ叶《かな》わなかったが、医療安全部門と広報部門のトップが会ってくれた。

「白鳥技官から伺っております。極北市民病院の事故が刑事事件化したことに対し、医療事故調の設立にご尽力された鹿野先生が対応してくださるご意向があるとか。医師会としても是非、鹿野先生に日本医師会からの委託という形で本案件の弁護人になっていただきたく存じます。経費に関しましては医療安全部門の保険費用から全額拠出いたしますのでご心配なく」

北海道の事件だから交通費も大変なので、経費全額の医師会持ちはありがたい。

それ以上に、医師会から被疑者に話をつけてくれたら弁護人に選任されるのも確実だ。これは国選弁護人ではないので相当額の報酬も約束される。

私は、白鳥技官の差配に敬服するしかなかった。

翌日、私は北海道に飛び、札幌拘置支所に向かった。

面会室に通され、透明な硝子《ガラス》板の向こうを眺めていると、初めて氷室と面会をした日のことが昨日のことのように思えた。

だが今日、扉の向こうから看守に伴われて現れたのは、髪が乱れ憔悴《しょうすい》しきった表情をした中年男性だった。

看守が立ち去ると、私は立ち上がり深々と一礼した。

「三枝先生、長い間地域医療への貢献、ご苦労さまでした。今回の逮捕は不当逮捕だと考えます。我々と共に闘い、無罪を勝ち取りましょう」

我々、と被疑者は力なく呟き、弱々しく訊《たず》ね返す。

「我々とは一体、誰のことですか。あなたと私ですか？」

私は首を左右に振る。

「違います。極北市民病院の患者さんとスタッフ、日本の医療を守ろうと尽力している日本医師会の役員たち、鹿野法律事務所のボス、『冤罪《えんざい》被害者を救う会』の団長夫妻とそのメンバー、それから厚生労働省の窓際技官、それに検事総長。つまりあなたの無罪を信じる人たち全てです。その人たちは日本の医療の良心を守ってきました。そしてこれからも守り続けたいと願っている人たちです」

疲れきった三枝医師の顔に朝日が差したように、かすかな赤みが戻った。

13　邂逅《かいこう》

２００９年６月某日　東京・小菅

氷室が独房で黙想していると看守がやってきて面会を告げた。彼に面会を求めるのは国選弁護人の日高弁護士しかいない。三回の公判が済み、裁判官は判決準備に掛かっている頃だろうから、弁護人として被告人に面会を求めて当然だ。

氷室は気乗りがしなかった。そういう理由で面会を断ったことも幾度かあるが、彼は意外に日高弁護士を気に入っていた。この先は面会の機会もなくなるだろうから、少しは相手の顔を立てておくか、などと氷室らしくないことを考え立ち上がる。

すると看守は意外な言葉を告げた。

「出ろ。今日は医官による健康チェックだ」

氷室は上げかけた腰を下ろす。

「僕は医師で自分の健康状態は把握しているので、健康チェックは必要ありません」

「今日の健康チェックは命令だ。つべこべ言わずに従え」

氷室は肩をすくめて立ち上がる。こんなところで反骨精神を発揮する気もない。

健康チェックを拒否したのは億劫《おっくう》だったからで、指示に従ったのはその方が面倒がないからだ。長い廊下を歩き、医務室の看板がある扉の前に立つと看守が扉を開けた。部屋に入ると扉は閉じた。拘置所内で看守の監視が外れるのは弁護人との面会の時くらいだ。その時も看守は扉の外で待機している。だが耳を澄ますと、看守の足音が遠ざかっていくのが聞こえた。

氷室は、顔を上げ、机の向こうの椅子に座っている医師を見た。

年齢不詳の女医。若いとも思えるし、熟女と言われても納得できる。

それは目元しか見えないせいだ。女医の顔の下半分は白磁のマスクで覆われていた。

さすがに氷室も好奇心が少し動いたが、何も言わずに女医の前に座る。

女医は机上のカルテを開くと、氷室を見ずに訊ねる。

「体調はいかがですか」

その声は人工的で、ボイスチェンジャーを使っているように聞こえた。

「悪くない、です」

氷室の答えを聞き、女医はすらすらとペンを走らせる。

「拘置所の食事は栄養バランスが考えられているから、アドバイスはないですが、ビタミンCは摂《と》った方がよいですから、レモンを召し上がるといいですね」

氷室がそんな基礎的な知識は持っていることは、女医もわかっているはずだ。

氷室が女医を凝視していると、女医は白いマスクの顔を伏せ、ことり、とペンを置いた。それからうつむいたまま、何かをしていた。顔を上げると、白い陶磁器製のマスクの下から現れたのは端整な顔立ちだった。てっきりその下に火傷痕《やけどあと》でも隠れているのかと想像していた氷室は、肩透かしを食らった気分になる。

「診察しているフリをしても仕方ないわ。時間がないからさっさと済ませましょう」

その声は低く、先ほどの人工的な声と違った。女医は白衣のポケットから薬袋を取り出すと、机の上を滑らせて、氷室に渡した。

「これはあなたのための処方よ。受け取って」

薬袋の中を覗《のぞ》き込んだ氷室は、細い目を見開く。顔を上げ、女医を見た。

女医は綺麗《きれい》な足を組み、椅子の背にもたれかかり微笑する。

「さすがに驚いたようね。氷室先生が動揺したお顔を拝見できて、ここまで来た甲斐《かい》があったわ」

そう言って、女医はくすくす笑う。手渡された薬袋の中に入っていたのは、かつて氷室が喘息《ぜんそく》薬と共に持ち歩いていた、自決用の青酸カリを入れた白い錠剤だった。

「あなたは何者ですか?」

「さあ。自分でもよくわからないの。でも私が誰かなんて、あなたには興味がないはず。大切なのはその錠剤が今あなたの手の中にある、という事実だけなんだから」

　事件発覚後、錠剤は警察が回収し一部が科捜研で分析されたと聞いた。それを入手するのは普通の市民には不可能だ。しかも医務官として被告人と一対一で面会できる得体の知れない権限を持っていることを考え合わせれば、相手の素性は、いよいよ理解不能になる。だが、氷室は相手が何者かということには興味がなかった。

　重要なのは今、氷室がこの切り札を取り戻した、という事実だけだ。

「おっしゃる通り、僕はあなたの素性に興味がありません。なので質問を変えます。どうしてこれを僕に届けたんですか？」

「その錠剤があれば、あなたは神になれるからよ」

　女医は、今度は一冊の古びた本を差し出した。

「この本は、死ぬことで英雄になって青史に名を残そうとした死にたがり男が、どんなに無茶をしても死ねずに生き延びてしまったという情けない物語よ。時間はたっぷりあるでしょうから、時間がある時に読んでみて。きっと参考になるわ」

　氷室は本の表題を眺めた。カリブ海で革命を遂行し、今もかの国に君臨している男の名は、氷室でも知っていた。

「用件はそれだけですか？　それなら失礼したいんですけど」

　氷室が机に歩み寄り本を手にして、部屋を出て行こうとする。

　ふわり、と空気が動き、背後から首筋に滑らかな感触が触れた。

振り返ると、女医は白衣をはらりと脱ぎ捨て、その下から白く輝く裸身が現れた。

女医は氷室を抱き寄せる。

「な、何を……」と言いかけた氷室の赤く薄い唇を、甘い吐息が塞《ふさ》ぐ。身体が痺《しび》れたように動けない。なにか、薬物でも使われたのか、と氷室は刹那《せつな》に考える。

だがすぐに考えるのをやめた。ベッドに押し倒された氷室の上に、女医が覆い被《かぶ》さってきたからだ。女医の唇に微笑が浮かぶ。

「私は、マグダラのマリアになりたいの」

やがて氷室のうめき声とベッドがきしむ音が医務室に響いた。

数日後。氷室は突然、レモンの差し入れを要求した。健康診断をした女医に、ビタミンC摂取のためレモンを食べるようにアドバイスされたと説明した。これまで氷室が何かを要求することはなかったので、特例だがレモンの差し入れは容認された。

14　判決

２００９年９月９日（水）霞が関・東京地裁

氷室裁判の公判は迅速に進んだ。二年の準備期間があったので証拠書類作成も済んでいた上、被告人に弁明する意思がないので、弁護人も引き延ばしの余地はない。

国選弁護人としては低い報酬相当の、楽な仕事であることには間違いなかった。

三件の殺人を立証する根拠になる唯一の証言者・田口医師の調書は取らず、証人申請もされなかった。弁護人側からすれば被告人の犯罪行為を裏付けるだけだし、検察としては被告人側から異議が出ないことを見越して書類で済ませるという戦略は、公判運営上もっともだった。この頃、裁判員制度が始まったが、この件は施行前の起訴なので、適用されなかった。本件の起訴には重大な問題があると自覚していた検察当局は、裁判員裁判になっていたら大変だったと胸を撫《な》でおろしたにちがいない。

私はダメモトで鹿野先生やW暴れ馬の久馬夫妻に弁護方針を相談したが、首を横に振るばかりだった。ベテラン方がお手上げなら、新米の私にはどうしようもない。

それでも重大事件だけあって念入りに公判が四回開かれ結審し、次回判決言い渡しとなった。検察の論告求刑はもちろん死刑だ。

いよいよ、判決言い渡しの日を迎えた。当日の朝、東京地裁前には報道陣が大勢集まり、この事件への関心の高さを見せつけられた。

法廷に立った氷室は質素な白いシャツが似合っていた。

法廷の裁判長席に座った裁判長は判決文を取り上げると、ちらりと氷室を見た。

ひとつ咳払《せきばら》いをすると、朗々と判決文を読み上げ始める。

「被告人、氷室貢一郎《こういちろう》は平成十八年二月二十七日、東城大学医学部付属病院第一手術室にて持病の心疾患のために心臓外科手術を受けていた被害者を……」

途端に傍聴席から数名が立ち上がり法廷を出て行く。判決主文の後回し。慣例では死刑判決を意味した。立ち去った記者たちは速報を伝えに行ったのだろう。

私は弁護人席から氷室の横顔を見た。口元にうっすら微笑が浮かんでいるのを確認し目を閉じた。裁判長の判決文の朗読は延々と続いた。法廷の空気は弛緩《しかん》していく。

翌日の新聞紙面に、氷室の死刑判決の見出しが躍った。

判決から一週間後、死刑囚・氷室に接見するため、東京拘置所を訪れた。

透明な強化硝子《ガラス》の向こうの氷室は、いつもと変わらぬ様子だった。

「お加減はいかがですか」と尋ねると、氷室は穏やかな口調で答えた。

「上々です。死刑囚は死刑になるのが仕事なので労務は一切なくなり、刑務官も気を遣ってくれて優しいので、居心地はとてもいいです」

氷室は目を閉じる。しばらく黙想していたが、やがて目を見開く。

「これで僕も芋煮会事件の被告人と同じ土俵に立ったわけです。日高先生としては同じような事件になったからやりやすくなったでしょう」

中身は全く違うのに、彼の言葉に納得させられてしまい、釈然としない。

「控訴は、しないんですよね」

こういう聞き方は親切でないと思った。「はい」と答えて控訴できるような質問の仕方が、被告人の心情を慮《おもんぱか》った聞き方だとは知ってはいたが、聞き方を変えれば返事が変わるとも思えないので、こう聞くよりほかはない。

案の定、氷室は、「ええ、しません」とあっさり答えた。

私は無駄と知りつつ提案してみる。

「一応、控訴しませんか。取り調べで完全黙秘している以上、死刑執行が急がれても、手の打ちようがありません」

「これまでも申し上げましたが、僕は刑を軽減してもらいたいなんて、ひとかけらも思っていません。ですから先生に手を打っていただくことは何もありません」

「しかし、それでは弁護人としての私の存在意義が……」

「日高先生、お互い、無意味な会話はやめましょう。それよりお願いしたいのは別宮さんの件です。いよいよ僕の手記を掲載してもらう時が来ました。ただし若干変更点があるので、以前お渡しした封筒は返してもらいたいのです。僕が依頼するまで開封しないでください、とお願いしてありましたよね」

私はうなずきつつも別宮記者が約束を守っているだろうか、と心配になる。

記者の好奇心と、報道の意義という大義を併せて考えれば、こっそり読んでいても不思議はなかった。だがその心配は措《お》いて、私は訊《たず》ねる。

「でも封筒を回収したら、あなたのメッセージはなくなってしまいますが」

「これまでお借りしていた本をお返しします。それが新たな僕の依頼だと、別宮さんに伝えてください」

私は狐につままれたような思いで、はあ、と答えた。

一階の窓口で受け取ったのは二冊の本だった。一冊はかつて私が氷室に差し入れた、青葉川芋煮会集団中毒事件の裁判資料を読み物に擬して製本した『ぼくらの冒険』の第一巻だ。もう一冊はキューバ革命の英雄フィデル・カストロの演説集だった。

別宮はいつの間に、こんな本を差し入れたのだろう、それもどんな意味で、などと考えながら、ぱらぱらと流し読みすると、栞《しおり》がぱさりと落ちた。

何の変哲もないノートの紙片をためつすがめつ、光に透かしたが何もない。

私は元のページに挟もうとして、章タイトルに目を奪われた。

「歴史は私に無罪を宣告するだろう」

まさか、氷室はこの一行をメッセージとして託すため、別宮記者にこの本を渡すよう依頼したのか。そうだとしたら、あまりにも無謀な渡し方だ。栞を挟むだけでは不十分で、せめて傍線くらいは引くべきだ。

とにかく一刻も早く別宮記者に渡すべきだ、と思った私は東京拘置所を出た足でメトロを乗り継ぎ、東京駅から新幹線に飛び乗った。

*

桜宮に停まる「ひかり」は本数が少ないが、タイミングよく一時間に一本の列車に乗れた。桜宮駅の改札口で、連絡しておいた別宮記者が待ち構えていた。駅ビルの喫茶店に入ると、別宮記者は以前預けた氷室からの封筒を私に返した。封は開いていない。彼女は誠実だった。別宮記者と一緒に二冊の書籍をチェックしたが、メッセージらしきものは見当たらない。

「栞も挟まっていたし『演説集』の章タイトル『歴史は私に無罪を宣告するだろう』という言葉を伝えようとしているとしか思えませんね」

別宮記者の言葉を聞きながら、目次を眺めた。独裁者に反発し青年を集めて蜂起《ほうき》したモンカダ兵営襲撃事件に失敗し逮捕され、裁判を受けた時にカストロが発した言葉らしい。問題の章の前は「モンカダ兵営襲撃」、後が「ピノス島監獄」だ。別宮記者は、青葉川芋煮会集団中毒事件の裁判資料物語『ぼくらの冒険』も読んでいる。

彼女には氷室の手記掲載とバーターで、この事件での再審請求の内実をいち早くリークしているので、事前知識もある事案だから興味深いのだろう。

「氷室さんてお洒落《しゃれ》ですね。レモンの香水の匂いがするわ」と別宮記者が呟《つぶや》いた。

　私の読んでいる本からは古紙の匂いしかしないぞと思いつつ、カストロの演説集を流し読みしていた私は、あるページで手を止めた。

「別宮さん、ミニドライヤーを持ってますか？」

「ええ、クセっ毛の私の必携品ですから」

　ドライヤーを借り本のページに温風を当ててみたが古びたページは変化しない。

　はたと気がついた私は、急《せ》き込むように言う。

「そちらの本を貸してください」

『ぼくらの冒険』第一巻のページに温風を当てると、ページの余白に焦げ茶色の文字が浮かび上がってきた。

「これは？」と尋ねる別宮記者に言う。

「レモン果汁のあぶり出しです。『カストロ演説集』の『歴史は私に……』の一連の文章は収監中にライム果汁で手紙の余白に書いたものを、外部の人間がメッセージとして印刷して各所に配ったものだと解説に書いてあります。つまり氷室さんはこの本でメッセージの伝達法を伝え、メッセージはこちらに書いたわけです」

浮かび上がるあぶり出しの文字を目で追いかけながら「氷室さんはなぜ、そんな面倒なことをしたんでしょう」と別宮記者が尋ねる。

「死刑が決まり、以前のような手記を私に託すのが難しくなったと考えたのでしょう」

私は温風を当てながらそう答えたが、自信はなかった。こんな不確実なギャンブル紛《まが》いの方法を採った氷室の真意は測りかねた。ひとつ間違えば彼のメッセージは誰にも気づかれずに埋没しかねなかったのだ。

だから「その説明は納得できません」という別宮記者の反論には素直にうなずく。

「私もその推論が正しいとは思いません。でも氷室さんのメッセージを受け取ったのだから、今はきちんと読み取ることが先決です」

そうですね、と別宮記者は納得し、温風で浮かび上がった文字をメモ帳に写し取り始める。私がドライヤーを掛け、別宮記者が浮かび上がった文字をメモ帳に書き取るという分業が成立した。ランチタイムが終わり、私たちの他に客はいない。

まとめた文章を読み上げた時、私と別宮記者は愕然《がくぜん》として顔を見合わせた。

「こんなの、信じられない……」

別宮記者の呟きはそのまま私の気持ちを代弁していた。

「これなら上層部の判断を仰ぐまでもなく掲載できます。というか、上層部が拒絶しても、私が絶対に掲載させます」

それは以前、封筒を託された時に彼女が言った言葉と真逆の反応だった。

だが彼女が翻意したのはもっともだった。

そして二週間後、時風新報に死刑囚・氷室貢一郎の手記が掲載された。

それを読んだ読者は、誰もがその内容に驚愕《きょうがく》したのだった。

15　手記

2009年10月1日（木）　時風新報朝刊

◇　死刑囚の手記（二〇〇九年十月一日付時風新報朝刊　別宮葉子）

先日、私は東京地裁で死刑判決を言い渡されました。私は控訴しません。

でも私は、罪を認めたわけではなく、判決には不服です。

ならばなぜ控訴しないのか。

それは、日本の裁判制度に絶望しているからです。

私は三件の殺人容疑で起訴されました。でも物証があるのは最後に殺害した患者だけです。他の二件は物証がなく、検察は不当起訴をしたのです。

では検察は間違えたのでしょうか。そうではありません。

検察は、他の二件に関し私が殺害したという物証を摑《つか》んでいます。スプリング8を用い遺灰の微量元素解析をした結果です。それにより検出された微量元素と接することができるのは私しかいないので、私の関与は明白に証明されたのです。

だが検察はそのデータを証拠に採用しませんでした。証拠として提出されなければ、裁判では物証になりません。

こう書くとみなさんは疑問を持たれると思います。

検察が提出していない物証を、拘置されている私がなぜ知り得たのか。

答えは簡単です。検察にその手法で物証を得られることを教示したのは、私自身なのです。正確に言えば私が伝言し、私の弁護人が検察当局に提示したアイディアです。

なぜそんなことをしたのか。不利益なだけではないか。そう思われるでしょう。

私の弁護人、日高正義弁護士は青葉芋煮事件（記者註《ちゅう》・青葉川芋煮会集団中毒事件）の死刑囚P氏の再審請求をサポートする『冤罪《えんざい》友の会』弁護団（記者註・正式名称は『冤罪被害者を救う会』・代表久馬久弁護士）に参加しています。

死刑宣告された死刑囚P氏は無罪を主張していますが、その強力な物証がスプリング8の解析結果です。この科学的物証によりP氏の無罪は科学的に証明されたのですが、なぜか検察は再審請求に応じようとしません。

私が弁護人を通じ検察に「スプリング8の解析結果を使えば私の三件の殺人を立証する物証が得られるだろう、ただしその物証を用いるのであれば青葉芋煮事件（原文ママ）でも公平に物証として扱ってほしい」と提案したのです。

つまり検察に、冤罪事件の捜査ミスを認め死刑判決を撤回せよ、と要求したのです。

結果はどうだったか。検察は青葉芋煮事件（原文ママ）では再審請求の棄却を求め、私の事件では二件の殺人容疑に関し、物証を提示せずに起訴しました。

恐ろしい検察独裁です。

日本の刑事裁判は有罪率が99・9パーセントを誇っています。

でも考えてみてください。不確定性に満ちている、危うげな「人間」がやること、しかも犯罪を犯すような「人間」とそうでない「人間」が入り乱れる混沌《こんとん》とした世界、人間がウソをつくのが必然の世界で、なぜ日本の検察はかくも高い有罪率を誇り得るのでしょう。

理由は簡単です。

裁判において、フェアな事実検証やニュートラルな議論が行なわれていないからです。検察は被告人をクロにする証拠だけ提示し、被告人がシロになる証拠を出さないからです。トランプゲームで都合のいい強いカードだけ手元に置き、絶対に勝てるように出しているだけなのです。この百パーセント近い有罪率こそ、検察司法の歪《ゆが》みを表しています。検察が自分たちの間違いを認めることは滅多にありません。そうしておけば有罪率が低下することもないのです。

再審請求が通ること、イコール、過去の捜査ミスで発生した冤罪を司法世界で追認すること、という等式は、司法のあるべき姿とはかけ離れている、と言えるでしょう。

検察官は、検察組織を「わが社」と呼びます。日本の検察は検察有限会社の利益が最大になるよう運営しているにすぎません。

そこには大切なものが欠落しています。

それは、正義です。

無辜《むこ》の市民を罰するのは正義ではありません。検察が正義でない以上、私は検察が起訴した罪状で刑に服するつもりはありません。

検察が青葉芋煮事件（原文ママ）において誤りを認め、裁判所に判決を撤回するよう申し出た後、正当な物証に裏付けられた罪状で私の判決を下すのであれば、私は以後、沈黙します。

しかし残念ながら、私が沈黙する時は決して来ないだろうと思っています。

検察は、すなわち国家権力は、偽りの正義を振りかざし、私を断罪するでしょう。

でもその時は私の言葉が人々の胸に宿り、検察に対する信頼は失墜します。

私が絞首台に吊《つる》される時、日本の正義は亡《ほろ》びるのです。

*

この手記を初めて読んだ時のことをまざまざと思い出す。

氷室の手記のオリジナル、冤罪事件再審請求資料を製本した『ぼくらの時代』の余白にレモン果汁で書かれたものを別宮記者のメモ帳に書き写し、改めて読み上げた時、別宮記者が目の前にいることも忘れ、私はテーブルを拳《こぶし》で叩《たた》いて立ち上がった。

そして天井に向かって「ウソだ」と叫んだ。

氷室の手記は虚偽に塗《まみ》れていた。

だがそのウソを糊塗《こと》するかのような、検察批判という真実が背骨にはあった。

氷室は、自分を死刑にする物証としてスプリング8の解析結果が裏付けになっていること、検察はそれを使いながら起訴状に記載していないこと。それは『冤罪被害者を救う会』が再審請求している『青葉川芋煮会集団中毒事件』で無罪の証拠になるからあえて出さなかったこと。そうした裏取引をすべて暴露してしまったのだ。

私が検察に司法取引に似た形で提供し、検察が片務的に受け取り、被疑者の利益を図らないというヤクザな取引内容をすっぱ抜いたわけだ。

まさに捨て身の、そして渾身《こんしん》の一撃だった。

いや、その表現は適切ではない。死者には捨てるべき身がないからだ。

だが、内情を知悉《ちしつ》している私ですら、氷室の手記には感動した。

そうであれば、氷室がこの手記で自分の弁護をするものとばかり思っていた、氷室のことをよく知らない読者が、胸を打たれても当然だ。彼は自分の無罪ではなく、冤罪死刑囚の無罪を勝ち取るためにこうした裁判を受けたのだと市民は読み取った。

ある一団の人々が彼を「氷の基督《キリスト》」と呼ぶようになったのは、ほどなくのことだ。

こうして氷室は神になった。

16　交錯

２００９年10月8日（木）　霞が関・中央合同庁舎第5号館

私が白鳥技官に報告に行ったのは、氷室の手記が掲載された一週間後だ。

前回叱責《しっせき》されたので、掲載直後に伺うつもりだったが、氷室の弁護人として手記と裁判結果に対するコメントを多数のメディアに求められ、対応に右往左往し、白鳥技官へ報告に行く余裕がなかったのだ。更にそんな中で訪問を強行したら白鳥技官にまで迷惑を掛けてしまうことになりかねないという言い訳もあった。

だが、訪問時にそんな言い訳をした私を、技官は一刀両断に斬り捨てた。

「それって思いやりに見えるけど、実はちっとも僕のためになってないよね。別に僕は取材が殺到しても構わなかったんだ。テレビには久しく出てないけどそういうのは割と得意だし、どちらかと言えばむしろ好きな方なんだよね」

そんなイヤミを言ったのも、氷室の手記の反響の大きさに苛立《いらだ》っていたせいかな、などと邪推したくなるくらい、その後も白鳥技官はくどくどと悪態をつき続けた。

「一般大衆ってどうしてあんなに物忘れが酷《ひど》いかなあ。ヤツが逮捕された時は、みんな非難しまくったのに、今や神さま扱いだもんなあ。愚民どもの節操のなさにはビックリだよ。だから僕は、事件が発覚した時に田口センセに言ったんだよね。あんなヤツ、さっさと殺しちゃえばよかったんだって」

正義という名を持つ私としては、白鳥技官に全面的に賛同すべきところだろう。

だが私は、氷室を擁護しよう、という気になった。

ここへきてようやく、私は本当に彼の弁護人になれたようだ。

「でも、罪を告発することにおいて最終にして最強の決定権を独占する検察を変えるのは、風車に立ち向かうドン・キホーテのような愚かな試みで、そんなことができるのは頭のネジがぶっ飛んだ、氷室みたいなヤツしかいません。そのヤツの舌鋒《ぜっぽう》が炸裂《さくれつ》した今こそ、私たちは検察改革の楔《くさび》を打ち込むべき時ではありませんか」

白鳥技官はむっとした表情で、私を見て吐き捨てた。

「わかってるよ、そんなこと。でもコッチはやっとこさ完成した桜宮Ａｉセンターをぶっ潰《つぶ》されてイライラしてるんだから、余計なことを言わないでよ」

その事件は別宮記者に氷室の判決について電話インタビューを受けた際に聞いた。

彦根医師が作り上げた桜宮Ａｉセンターが完成披露の講演会の最中、謎の爆発から炎上し、倒壊したのだという。

「彦根先生はガッカリでしょうね。でもあの人のことだから、すぐにひらひらと他の企てに手を付けそうですけど」

「さすが、『最悪の味方』とコンタクトを取っただけあって、わかっているじゃない。煙《けむ》に巻く言葉しか吐かないクセに、周りの人間に自分の主張を理解させてしまうんだから彦根って不思議なヤツだよね。掲げる目標が単純でわかりやすいからかな」

そう言った白鳥技官はにっと笑う。私は白鳥技官のコメントに素直にうなずく。

ただし彦根が掲げているのは目標というよりも理想ではないか、とは思ったが。

「彦根先生は今、何をされているんですか」

「浪速界隈《かいわい》をうろついて村雨《むらさめ》知事の駄法螺《だぼら》『日本三分の計』の実現に奔走中だよ。でも地検特捜部にイヤーな気配があるんだよね」

白鳥技官がひとしきり愚痴っぽい口調でまくしたてると、口調を変えた。

「でも正義センセがきたのはグッドタイミングだ。そっちへ向かって走り続けろと指示しようと思っていた矢先だからね。でも寛大で公明正大な僕にだって、たまには愚痴りたくなる時はあるんだよ」

寛大で公明正大……。

何という違和感だらけの表現だろう。

確かに後者については、多少は的を射ていると認めざるをえないが……。

「というわけで正義センセにはこれから八面六臂《ろっぴ》の大車輪で働いてもらうからね」

「わかってます。久馬団長を始め『冤罪《えんざい》被害者を救う会』の面々もここからが勝負だ、と張り切っていますから」

私がそう言うと、白鳥技官は、穴のあくほど私を凝視した。

「やっぱり正義センセはピンぼけ坊やだな。あんたがこれから頑張るのは芋煮事件の方じゃない。極北市の産婦人科部長の無罪を勝ち取る方だよ」

目まぐるしい展開の中、私の中ではその事件がすっぽりと抜け落ちていた。

「でも氷室の件と極北市の件は、関連なさそうな気がするんですが」

「なぜそう思い込むかなあ。『思い込みは老化の始まり』って格言、知らないの？」

「嘘つきは泥棒の始まり」に似ているが、そんな格言は聞いたことがない。

そう言うと、白鳥技官はへにゃっと笑って種明かしをした。

「だろうね。だってそれ、メタボ格言カルタの一枚だもの」

何だ、それは。そもそも老化とメタボを関連づけるなんておかしいだろう。

本当ならメタボ格言カルタのいい加減さが証明されるだけだ。

「格言カルタはさて置き、なぜ極北市の事件と氷室の死刑判決が連動するんですか」

「あの逮捕も検察の無理筋だからさ。アレが検察の過剰捜査だと判明すれば、世間には検察の失態三連発に見える。だからちゃんと証拠を固めてくるだろうけど、そうは問屋が卸さない。コッチはあの医師が無罪だという証拠をばっちり摑《つか》んでいるんだ」

「本当ですか？　そんな証拠があるのなら是非教えてください」

「もちろん教えるに決まってるだろ。その代わり、盗賊団に襲われた大邸宅の番犬のように吠《ほ》えまくってもらうけどね」

ぴんとこない喩《たと》えだが、私は「もちろんです」とうなずく。

「うん、なかなかいい返事だ。じゃあ教えたげる。検察が医師を逮捕する根拠にしたのは、市役所が作成した医療事故報告書の記載なんだけど、これがでっち上げの大ウソなんだ。つまりウソを根拠に行なわれた不当逮捕というわけさ。だからこの弁護で負けたら、弁護士としては大恥晒《さら》しになるから、覚悟しなよ」

「市役所がでっち上げの報告書を作成するなんて、信じられません」と私は驚いて、口答えしてしまう。

「凡庸な弁護士さんはその程度の洞察力しか発揮できないんだろうけど、これは裏が取れている事実なんだ。市役所側の証言を得ているんだよ」

「一体、どうやってそんな裏情報を……」

「話せば長くなるから端折《はしょ》って言うと、『正義の味方クン』に紹介してあげたひねくれ彦根が、東城大の先輩で極北市民病院の院長の世良《せら》って医者とツルんでる。そいつらは三枝センセをレスキューするため必死で、外部のアドバイスにもすぐ対応するだろうから、僕が彦根に指図して彦根が世良にアドバイスして世良が得た情報が僕のところに戻ってくるという塩梅《あんばい》さ。北の連絡網は鹿野法律事務所の電信より迅速で正確なんだよ」

「その裏情報を使えば、三枝先生の無罪を勝ち取れますね」

「そゆこと。バカと鋏《はさみ》は使いようっていうけど、あの格言は使い方を間違ったらどんな素晴らしい素材も使い物にならなくなるってことの裏返しだからね。これで勝訴にできなかったら、僕の立てた作戦がおかしいのではなく鋏の性能が悪いってことさ」

私が鋏に喩えられたのはわかるが「鋏＝バカ」という方程式が成り立つので、私の評価はそういうことだと思い知らされ、意外に私のダメージは大きかった。

だが私はその甚大なメンタル・ダメージに見合うだけの、重要情報を入手できた。

合同庁舎を急いで退出する、私の足取りは軽かった。

17　転変
2010年

年が明けて二〇一〇年。不惑になった私は惑ってばかりだった。

この年は激動の社会機構変革で幕を開けた。年金記録の不当記載などで社会の信頼を失った社会保険庁が二〇〇九年の大晦日《おおみそか》に解体され、二〇一〇年元日から特殊法人日本年金機構が設立され、そこに業務が引き継がれたのだ。かつて厚生労働省を訪問した時、間違えてひとつ上の階に降りたことがある。そのフロアには人っ子ひとりおらず、合同庁舎内に出現したゴーストタウンのようだった。だが看板を掛け替えただけで、何事もなかったかのように従来業務が継承されていくのだろう。

かつて鹿野先生が一連のニュースを見ていた時に呟《つぶや》いた言葉が忘れられない。

「社会保険庁は、一九六二年に堅実な組織として構築されたが、バブル時代に莫大《ばくだい》な余剰金を手にした時、それはあぶく銭だから使い切ってしまえ、と同庁の幹部が公言したのです。それでは破《は》綻《たん》して当然です。あれはまさに国家主導のネズミ講で、無限連鎖講防止法に抵触する国家詐欺ですよ」

おっしゃる通りだ。だが法を運用する官僚は法に抵触する危険は冒さない。

そうした時に彼らは、自分たちに都合良く法律を変形させてしまうからだ。

そんな抜け道作成術を官僚は知悉《ちしつ》している。だが詐欺紛《まが》いの構造を持つ仕組みなら、たとえ国家が合法のお墨付きを与えたところで、詐欺と同じだ。

もともと国家は国民から税金というみかじめ料を堂々と搾取する点で、合法的なマフィアのようなものだ。

だがひとつの法律が社会の様相を変えることもある。それが成立した時はそうした未来の思惑と無関係に見えることもある。そんな法律のひとつがこの年の三月、第百七十八回通常国会で可決成立した「時限立法・人体特殊凍眠法」だった。

どうしてそんな法律がこの物語に深く関係するのかと言えば、その法案を受けて桜宮市に開所したのが「未来医学探究センター」で、そこで国内コールドスリープ第一例が実施されることになったからだ。

同センターが建設されるのが前年、不審火で倒壊した桜宮Ａｉセンターの跡地だ。

それはつまり、桜宮Ａｉセンターの再建が封じられたことも意味した。

浪速府の村雨知事がスキャンダルで失速し、日本三分の計は頓挫《とんざ》、桜宮Ａｉセンターの再建も叶《かな》わず、失意の彦根医師は消息不明。だが彼はどこかで臥薪嘗胆《がしんしょうたん》で雌伏し、チャンスがあれば再び表舞台に躍り出るだろうと私は確信していた。

そのキッカケになるのではと思ったのが、私が弁護を担当した極北市民病院妊産婦死亡事故事件裁判の判決だ。

裁判は粛々と進み、本気になった鹿野先生の指導の下、私は白鳥技官が描いたシナリオ通りに動き、札幌地裁で見事に無罪判決を勝ち取った。

私たちは白鳥技官とタッグを組み現地の市民の声を聞き、多数の嘆願書を提出し、ＳＮＳを駆使して検察の横暴を徹底的に晒した。更に裁判に際し集めた手書きの嘆願書をネット上に全公開した。そうした働きかけの結果、検察は控訴を断念した。

医療側の完全勝利だった。

だが勝ったのは私の力ではない。市民の、医療に対する支持と信頼の賜物《たまもの》だ。

図らずも、氷室裁判と極北市民病院産婦人科部長裁判というエポックメイキングなふたつの裁判を担当したことで、私は時の人として注目を浴び、名が売れるという副産物がついてきた。

まったく世の中、一寸《いっすん》先は闇、何が起こるかわからない。

*

二〇一〇年暮れ、氷室が東京拘置所から仙台《せんだい》拘置支所に移送された。

事件現場でもないのに、死刑囚が東京拘置所から地方拘置所へ移送されるのは異例だった。

驚いたことに青葉川芋煮会集団中毒事件の犯人として死刑判決を受け、再審請求をしているP氏も同時に移送された。

日本の死刑執行地は全国に七ヵ所ある。札幌拘置支所、仙台拘置支所、東京拘置所、名古屋《なごや》拘置所、浪速拘置所、広島拘置所、福岡拘置所だ。

そこに移送されたということは近日中に死刑が執行される可能性が高くなったことを意味した。だがそれがいつになるかはわからない。移送されてから数年、収監され続けている死刑囚もいる。

これは検察の不退転の決意だわ、と『冤罪《えんざい》被害者を救う会』の副団長、久馬篤子は言う。

「こんなこと絶対許されないわ。何としても阻止しないと法と正義が死んでしまう。今こそウチの宿六に死にものぐるいで喋《しゃべ》りまくってもらわないと」

だが私の目には、極北市民病院妊産婦死亡事故事件の裁判で完敗した検察側が、医療サイドにやり返したしっぺ返しのように見えた。

まるで駄々っ子だ。

彼女に言われるまでもなく、彼女の夫で弁護団の団長の久馬弁護士はメディアに露出しまくり、氷室の手記を取り上げた。

それは確かに一時は世論を沸騰させたが、熱しやすく冷めやすい大衆は、木枯らしが吹き始めると、そんなことはきれいさっぱり忘れてしまった。

*

寒風に吹きさらされながら私は仙台の地に立った。

新幹線が停まる駅からタクシーで十分ほどの場所に仙台拘置支所はある。

仙台藩の藩祖伊達《だて》政宗《まさむね》公が若林《わかばやし》城を築いた跡地に、明治時代に宮城集治監を設置したのが始まりだ。

世間知の集合体、ウィキペディアの記載によると開設当時は中央に四階建ての六角塔があり、二階建て六棟の房が放射状に出て、雪形六出の構えと呼ばれたハイカラな建築物だったという。

私の接見申請は本人に拒否され続けた。

だがなぜか、年が明け二〇一一年の正月を迎えた最初の接見に、氷室はひょっこり応じた。

私は別宮記者から返却された手記の封筒を持参していた。

封を切らないまま私の手元にある封書を見て、氷室は感心したように言う。

「別宮さんって、本当に律儀な女性だったんですねえ」

「この封書の処分はどうしたらいいでしょうか」

私が訊《たず》ねると氷室は微笑して、「日高先生にお任せします」とあっさり答えた。

「正義先生だってそこに何が書いてあるか、読んでみたいでしょう？」

「正直言えば読みたいですが、別宮さんが読まなかったものを私が盗み読みするわけにはいきません」と私は首を横に振る。

「正義の使徒って堅苦しいですね。盗み見は人間の性《さが》でしょう。読めばいいのに」

それでも頑《かたく》なに拒否する私を見て、氷室は言う。

「わかりました。では死刑囚から弁護人に、その手紙の文面を読み上げるよう、依頼します。それなら読んでくれますよね。実際、僕もどんなことを書いたか、かなり忘れているので、そこで封を開けて朗読してください」

拒否することもできたが、結局好奇心に負け、氷室の依頼を受けた。

震える手で封筒の口を破く。中から紙を取り出し、目を走らせた。

そして驚きの色を隠し、できるだけ平静に朗読を始める。

氷室事件に関する部分は新聞に掲載されたレモン果汁の手記とほぼ同じだった。

だが手書きの手記には大きく違う部分があった。

最初の手紙には、世間を騒動の渦に巻き込むことになった、青葉川芋煮会集団中毒事件への言及が全くなかったのだ。

「これは一体、どういうことですか」と朗読を終えた私は、顔を上げた。訊ねてから、なんて意味のない質問だろう、と気がついた。

氷室はうっすら笑う。

「その違いは、僕が正義先生と接したため変質した部分です。よくも僕の人生という芸術品をねじ曲げてくれたものです。ああしたことに反応するなんて僕じゃない。これは先生に対する貸しです。というわけで、いずれこの貸しは、先生に返してもらうつもりです」

「お話がよくわかりませんが、私にできることなら何でもやりますよ」

「ではお言葉に甘えてひとつだけ。僕がここを出たら、僕が生きていくために援助してほしいんです。何しろこの世界で僕の味方は先生だけなので」

私は当惑して考え込む。

死刑囚がここから出られる可能性はゼロに近い。唯一の例外は再審請求が通った時だ。死刑囚の再審が始まるのは、過去の捜査にミスがあることが認められたという、限定的な場合に限られる。

だがそれは、氷室に関しては絶対にありえなかった。

なぜなら彼は控訴していない。

つまり彼の判決は確定してしまっているのだから。ということは……。

私ははっとして、顔を上げた。

「ひょっとして、控訴する気になられたのですか？」

「これまで何度も接見してきた、僕のよき理解者である日高先生が、なぜ今さらそんなことをおっしゃるんですか？」

氷室は細い目を見開いて、私を凝視した。

私は動揺し、首を横に振る。

「いえ、もちろんそうは思いません。ですからこうしてお尋ねしたわけで」

「もちろん、控訴はしません。当然、再審請求もしません。僕は自分の扱いに対しクレームをつけるつもりは一切ありません」

「それなら死刑囚のあなたがここから出られたら、というのはまったくあり得ない仮定になってしまいますが」

氷室は腕を組んで目を閉じた。

やがて厳かな声で言う。その声は、まるで天から降り注いでくるかのように響いた。

「バチスタ事件が発覚した直後、病院が大混乱に陥る中、僕は田口先生に監視されていました。その時、賭《かけ》をしたんです。僕が生きるか死ぬか、それは天意だと。あの時、天は僕に生きろと命じました。同じ問いを今、僕は天に問うています。生きたい、のではありませんが、もし僕が生き残ったらその時は正義先生に助力をお願いしたい、ただそれだけです」

氷室は私を凝視していた。ぞくりと背筋が寒くなる。氷室は続けた。

「でもそれは『正義』を名乗る先生がやって恥じることではない。それは天意なのですから。人の世の善悪なんて所詮《しょせん》は小さなコップの中の出来事です。深く考える必要はないんです」

今度は私が目を閉じて考える番だった。氷室の依頼を承諾することで不都合があるだろうか。そもそも死刑囚が赦免されるなんて、絶対あり得ない。

であればこの約束はほぼ空手形になるだろう。私は、目を見開いてうなずいた。

「わかりました。もしそうなったら氷室さん、私はあなたを全面的に支援します」

氷室の目が見開かれ、赤い唇が開く。勢いよく立ち上がった氷室は強化硝子《ガラス》の仕切り板に叩《たた》きつけるように掌《てのひら》を当て、私に近づこうとした。

「約束ですよ、正義先生」

その言葉は小さな白蛇となって、私の喉笛《のどぶえ》に噛《か》みついた。

氷室が初めて見せた激しい動きに、私は思わず身震いした。

その時、扉が開き、看守が入ってきた。

立ち去る間際、氷室は立ち止まって振り返る。そして右手を挙げ、にっと笑った。
それが、私が最後に見た、氷室の姿だった。

18　天災

２０１１年3月　仙台・仙台拘置支所

　曇天だった。氷室は三畳一間の死刑囚の独房で昼食を済ませた。十一時五十分に配《はい》膳《ぜん》され、正午のサイレンが鳴った時は食べ終えていた。いつものように半分残した。

　この独房に入った直後、氷室は頭を丸めた。服は囚人服から私服に戻したので白で統一し、さっぱりした身なりにした。たまに見ることを許された大河ドラマは、徳川《とくがわ》将軍の正室が主人公で、二回ほど見て、やめた。

　昼飯を食べ終え膳を下げ、窓の外を見る。

　春が近いのに、粉雪がちらほらと舞っていた。

　午後二時半過ぎ。氷室は畳に横になり、ぼんやり天井を見上げていた。天井に備え付けられた監視カメラの赤い光が点滅するのを数えているうちに、うとうとした。

急に寒くなったのでフード付きのジャージを着た。

本当はフード付きの服は禁止だが、なぜか『冤罪《えんざい》被害者を救う会』からの差し入れの中にこの服が交じっていて、お気に入りになった。

黒いジャージに身を包み、丸くなって床に寝た。

しばらくして細い眉《まゆ》が、ぴくり、と動く。上半身を起こす。かたかた、という音がした。やがて揺れが大きくなり窓枠ががたがた鳴った。立ち上がり窓枠に歩み寄る。

氷室が外を見ると、一瞬、揺れは収まった。次の瞬間、独房の壁がひしゃげて押し潰《つぶ》されるような、見たこともないような動きをした。

氷室は暴れ馬のように揺れる建物から放り出されないよう窓枠にしがみついた。

大きな揺れは収まったが、小さな余震が断続的に、だらだらと続いた。

部屋の灯《あか》りが消えた。だがすぐに復旧した。自家発電に切り替わったのだろう。

窓の下でがやがやと人の声がした。静かな拘置所では珍しい。

相変わらず粉雪が舞っていた。風が少し強くなった。

曇天の下、粉雪が舞い、景色は変わらない。時が止まっているかのようだ。

かちり、と音がした。

解錠の音に似ていたので扉に歩み寄り、押してみると、扉は簡単に開いた。

房から出てみるが看守の姿はない。隣の房の扉を開き、部屋を覗《のぞ》き込む。

中年の男性が部屋の隅で小さな身体を丸め、膝《ひざ》を抱えて座っていた。

「鍵《かぎ》、開いてますけど」

え？　と不思議そうに言った男性は、首を捻《ひね》る。

「外に出ろってことじゃないでしょうか」

「でも、看守さんの指示がないので」

その顔には見覚えがあった。青葉川の芋煮会で集団中毒を起こす亜ヒ酸を投与したとされ、死刑判決を受けたP氏だ。

「一緒に出ましょう。あなたは無実なんでしょう？」

男性はしばらく考えて、首を振る。

「弁護団が再審請求で頑張ってくれています。あの人たちを裏切りたくありません」

そうですか、と言って氷室は扉を閉める。

背後でかちゃり、と音がした。施錠されたようだ。

どうやら地震の影響で、瞬間的に解錠されたらしい。

食堂に向かう。下の階から「出せ、人殺し」という叫び声がして、看守は右往左往している。その横を氷室は通り過ぎる。看守はあらぬ方向を見ている。

氷室もそっちを見るとテレビ画面にニュース映像が流れていた。

黒い悪魔だ。

画面を見て思った。看守は「津波だ」と小声で呟《つぶや》き、一目散に姿を消した。

誰もいなくなった食堂で、しばらくテレビ画像を見ていた氷室は、出口に向かう。

出口の扉を押すと、かちり、と音を立てて扉は開いた。

停電の影響で解錠され、その後は一度は開けないと再施錠されない仕組みらしい。

氷室は外に出た。

桜吹雪のような乾いた大粒のぼたん雪が、びゅう、という音と共に吹き抜ける。

拘置所のゲートは開いていた。出入口を数台の車が走り出ていく。

出入りする車をチェックしていた入口の守衛は、本部から走ってきた係員と切羽詰まった語調で会話を交わす。傍らを納品を済ませた大型トラックが通り抜ける。

偶然、その陰に隠れるようにして歩いていた氷室の姿は見落とされた。

黒いフードを深く被《かぶ》り背を丸めた氷室は、氷獄を出た。

氷室は黄昏《たそがれ》の街角にひとり佇《たたず》んでいた。目の前には普通の街並みが広がっていた。

だが信号の光は消え、誰もいないゴーストタウンになっていた。

振り返ると、背後に広がっていたのは混沌《カオス》だった。

車が二台重なり、隙間に折れた木の枝が差し込まれている。

黒い水がひたひたと波打ち、砂浜に寄せる波のように足元に寄っては引いていく。

現実と地獄の境界線のようだった。

氷室は、人影のない廃墟《はいきょ》を歩き始める。

背後で、重なりあった車がきしみを上げて転げ落ちる。

氷室の行く手の空には、雲間に寒々とした北極星が瞬いていた。


氷室が仙台拘置支所から脱走したという知らせを受けたのは三日後のことだ。

マグニチュード九・〇という東日本大震災とその後の津波被害のせいで、青葉県は混乱の真《ま》っ只中《ただなか》にあり、ひとりの死刑囚の脱獄を気にするゆとりはなかった。

その知らせを受けた日、私は氷室との約束を思い出した。

それ以後、事務所の電話を見つめることが多くなった。

だが、その電話が鳴ることはなかった。

19　独白　２０１９年４月某日　都内某所

「行ってきます」と元気に事務所を飛び出して行く新人の背を見送った私は、椅子の背にもたれる。長い年月が経った気もするし、つい昨日のことのようにも思える。

四月いっぱいで今上天皇が生前退位され新元号が発表され、逝去なき改元という、近代になって初めての慶事に市民とメディアは浮かれた。そんな平成最後の日々、新年度を迎えた社会は、経済格差を更に広げつつ固定化し、閉塞感《へいそくかん》は募るばかりだ。

弁護士を取り巻く環境は悪化した。二〇〇四年、三十三歳で法科大学院の一期生として入学した時は、弁護士という職業には希望があった。七十四校の法科大学院が設立された当初は志願者は七万人を超えた。その後志願者は減り続け、二〇一五年には一万人に、昨年は八千人と当初の一割に減少した。今や法科大学院は司法試験の予備試験免除という特典付きの専門学校に落ちぶれている。

司法試験改革の窮余の一策で新設した予備試験ルートが、飛び級の弁護士速成システムとしてもてはやされるという倒錯した状況になり、弁護士のスタイルも変化した。

昔の弁護士は民事はできるだけ訴訟を避け和解をめざしたが、今の若手は派手な法廷パフォーマンスで名声を博して、顧客を獲得する方向にシフトしている。

だがそうした姿勢は訴訟件数を増やすだけで実質的な問題解決には向かわない。

弁護士業界も変わり、昔は義侠心《ぎきようしん》で引き受けた国選弁護人の仕事も、今は立派な稼ぎ口となり順番待ちだ。それでも私は昔ながらの弁護士気質《かたぎ》にこだわっている。

幸い、こんな私の事務所を志望してくる若手弁護士もいる。極北市民病院妊産婦死亡事故事件の裁判で完全勝訴した時、鹿野先生と握手した。

その時の鹿野先生との会話を今も忘れずにいる。

——君のおかげでかつての失敗を取り戻せた。私が医師のミスを徹底的に叩《たた》くシステムを作った結果、誠実な医師のミスを糾弾《きゅうだん》し潰すことになった。今回、そんな医師を救えて酷《ひど》いシステムの手直しもできた。君のおかげで私も成仏したよ。私も年だ。君が私の事務所に入ったばかりの頃に言った通り、君にこの事務所を譲りたい。ただし、ひとつ条件がある。新事務所の名前は私に決めさせてほしいんだ。新事務所の名称は「正義法律事務所」にしたい。いいね。頼んだよ。

その言葉を聞いた瞬間、この先生には一生頭が上がらないと思った。

私はもう、ひとりよがりな正義をふりかざす正義の使徒には絶対にならない。

「正義」はできるだけ小さく使う方がよい。大きく使うほど、か弱き人々を傷つける。鹿野先生は、その文字を事務所の看板に掲げることで、私を戒めてくれようとしたのかもしれない。だが、もう心配しなくていい。

こんな腐りきった世にも「小さき正義」はある。社会に献身している人たちが不当な目に遭った時に救うことも、そうしたことのひとつだ。そうした「小さき正義」の信奉者は、見回すと意外に大勢いる。患者を救うことに邁進《まいしん》する医師もその同志だ。

だが、口に出せない思いもある。「小さき正義」とは、悪の中にも棲息《せいそく》しているかもしれない、という逆説だ。氷室の手記は、私の胸を射貫《いぬ》いた一発の銃弾だった。「正義法律事務所」の弁護対象は、医療過誤に苦しむ患者と医師の双方を助けることだ。私の胸には『冤罪《えんざい》被害者を救う会』副団長、久馬篤子の言葉が息づいている。

——みんなが、あんなヤツは死刑だと口を揃えて言うような人を弁護したくなるのは、へそ曲がりだから。ウチの旦那《だんな》は冤罪被害者を救うことに夢中だけど、それって誰からも褒められ、カッコいい。でもあたしまで同じことをしたらカッコよすぎるワケ。正しいものばかり集めたら世界は息苦しくなり、潰れちゃう。だからバランスを取るため、あたしは誰も弁護を引き受けたがらないような人を引き受けることにしたの。世の中にはへそ曲がりが必要なの。

そう、私もあの頃と変わらず、そして久馬篤子と同じ、へそ曲がりのままだ。

正義という名を冠した法律事務所を運営しながら、今も白い服を着た殉教者からの連絡を心待ちにしているのだから。

本書は、二〇一九年七月に小社より刊行された
単行本を加筆修正のうえ、文庫化したものです。

氷《ひょう》獄《ごく》

海《かい》堂《どう》 尊《たける》

令和3年 7月25日　初版発行

発行者●堀内大示

発行●株式会社KADOKAWA
〒102-8177　東京都千代田区富士見2-13-3
電話　0570-002-301（ナビダイヤル）

角川文庫 22703

印刷所●株式会社暁印刷
製本所●本間製本株式会社

表紙画●和田三造

●お問い合わせ
https://www.kadokawa.co.jp/（「お問い合わせ」へお進みください）
※内容によっては、お答えできない場合があります。
※サポートは日本国内のみとさせていただきます。
※Japanese text only

ISBN 978-4-04-109278-1　C0193

◇◇◇

角川文庫発刊に際して

角川源義

第二次世界大戦の敗北は、軍事力の敗北であった以上に、私たちの若い文化力の敗退であった。私たちの文化が戦争に対して如何に無力であり、単なるあだ花に過ぎなかったかを、私たちは身を以て体験し痛感した。西洋近代文化の摂取にとって、明治以後八十年の歳月は決して短かすぎたとは言えない。にもかかわらず、近代文化の伝統を確立し、自由な批判と柔軟な良識に富む文化層として自らを形成することに私たちは失敗して来た。そしてこれは、各層への文化の普及滲透を任務とする出版人の責任でもあった。

一九四五年以来、私たちは再び振出しに戻り、第一歩から踏み出すことを余儀なくされた。これは大きな不幸ではあるが、反面、これまでの混沌・未熟・歪曲の中にあった我が国の文化に秩序と確たる基礎を齎らすためには絶好の機会でもある。角川書店は、このような祖国の文化的危機にあたり、微力をも顧みず再建の礎石たるべき抱負と決意とをもって出発したが、ここに創立以来の念願を果すべく角川文庫を発刊する。これまで刊行されたあらゆる全集叢書文庫類の長所と短所とを検討し、古今東西の不朽の典籍を、良心的編集のもとに、廉価に、そして書架にふさわしい美本として、多くのひとびとに提供しようとする。しかし私たちは徒らに百科全書的な知識のジレッタントを作ることを目的とせず、あくまで祖国の文化に秩序と再建への道を示し、この文庫を角川書店の栄ある事業として、今後永久に継続発展せしめ、学芸と教養との殿堂として大成せんことを期したい。多くの読書子の愛情ある忠言と支持とによって、この希望と抱負とを完遂せしめられんことを願う。

一九四九年五月三日